U0023492

偏心的死刑犯

張國立◎著

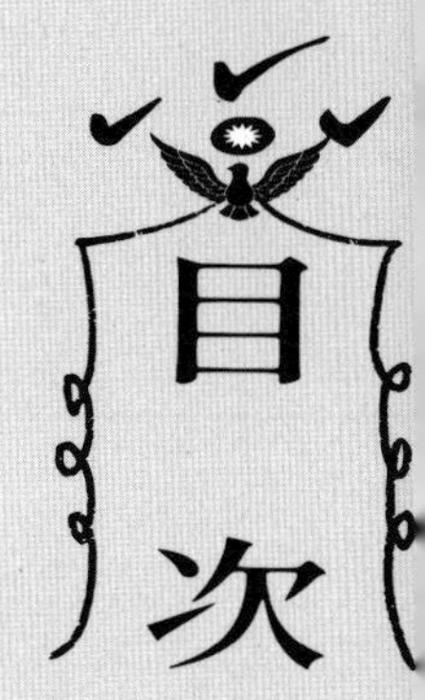

目次

第一部

所有人亂成一團，請香爐的、燒紙錢的、請示王爺的。唯兩名老人面不改色仍坐在一旁喝茶，看著拜殿中間渾身抖動的瘦弱男孩。

男孩不到十歲，穿短褲、拖鞋，上身的T恤左胸印了「南台第一鐵工廠」五個小字，他站在大香爐前不停地抖，頭下垂、肩無力，像被無形的線絲牽引的尪仔。

捧著茶杯的老人問：

「哪家的孩子？」

另一名老人沒回應，他聚精會神看抖動中的男孩。

廟裡的志工阿雄提來剛插滿香的小香爐，繞男孩兩圈，讓香熏著男孩的全身，然後轉移至男孩臉前。

香，一如過去的發生作用，男孩抬起頭，嘴中發出彈舌頭的聲音，節奏的，噠，噠，噠。

周圍五個火盆幾乎同時燃起成落的紙錢，頓時灰白的煙隨氣流在廟裡打轉。

「怎麼沒看到順仔的人？他是廟公，這個時候不在廟裡，回去和老婆睡午覺？」

另一名老人也捧起茶杯。

「免操心，一定有人去找了。」

男孩停止抖動，像思考數學題目般半歪腦袋，突然舉起右手，抬起左腳，右手用力拍在失去拖鞋的左腳側面，便這麼單腳站了一分多鐘，左腳慢慢朝外畫個圓圈，往前邁出一大步，接著舉起右腳，嘴中喃喃自語。

「他說什麼？」

「聽不清。」

「閩南語？」

「我聽是河洛官話。」

「你聽得懂河洛官話？」

「順仔懂。」

「就是不懂，黑白講。」

男孩已在大香爐前一步步轉了一圈，停下腳步，左手往兩腿間抓起一把空氣。

「文仔。」

「怎麼說？」

「文官一手撩起長袍下擺，武將就要兩手才能拉起戰袍。」

「你又懂了。」

看樣子不假，男孩左手仍擺出撩住袍子的姿勢，右手則持了筆似的在沙盤上寫字。

「學過書法。我是說他寫毛筆字的樣子。三指握筆，懸空落筆。」

「沒錯。」

小香爐沒離開過男孩身子，人往哪裡，爐跟到哪裡。盆內紙錢燒得更旺，一陣風捲進廟內，吹得香灰紙燼飛揚。

穿白汗衫、縮腳黑色功夫褲的中年男子神色慌張衝進廟門，接過旁邊送來的一把香，他朝供桌後帷幕內的溫府千歲行了禮，馬上扭頭看寫字的男孩。

「順仔認識男孩。」

「看來是厝邊、莊頭的孩子。」

正說著，男孩甩下手中的筆，碰碰碰，用力踩鋪紅磚的地面，哇啦啦講出一長串模糊的文字，出乎眾人意料的身子一歪即倒下。

幸好順仔接住。

「看看他寫什麼？」

兩名老人走到沙盤前，兩行字，兩句詩，其中一人瞪大眼辨識沙中的字，口裡也隨著念出：

「三十六人宣唐威，代天巡狩辨忠奸。」

他看另一名老人，兩人視線的中間插入滿頭汗水的順仔，他也看向沙盤，點頭說：

「還好，不是路過陰靈，我看是千歲爺。」

千歲爺多久沒顯聖？兩名老人記憶力不可靠，順仔卻記得清楚——十七年。

十七後千歲爺回來了。

「哪家的孩子？」

「羅老師的。」

「羅老師的兒子這麼大？」

「兩個兒子，這是老大，叫羅蟄，應該沒記錯。」

「哪個蟄？」

「立春、雨水，到三月初的驚蟄。」

「啊。」兩名老人同時喊：「有蟲的那個蟄。」

1

羅蟄守在辦公室門邊的熱水壺旁，似乎準備隨時加滿室內任何人喝空的茶杯，否則他像多餘的人。

茶香、油炸的雞腿、汗臭、香菸，幾個人混出複雜的氣味。

主持人是執行檢察官，北檢二十七歲的菜鳥檢察官謝英弘，兩年前還在司法官訓練班差點畢不了業。大約一六五公分，圓嘟嘟的一張胖臉與黑框近視眼鏡，讓人聯想到私立高中喧鬧教室講台上束手無策的數學老師。

他沒有講台。

十二月的北方寒流滯留不前，可是他下公務車起便不停地以紙巾擦拭額頭，彷彿腦袋裡裝了一個火燒得正旺的爐子。

派謝英弘執行，與他年輕、長得福泰、未婚皆無關，正好他輪值而已。再說整個過程不需要謝英弘費心，看守所的所長早料理妥當相關程序。

搞司法的，沒別的，程序。

他向在場的人一一點頭，然後戴上口罩，不是搭捷運防感冒病毒那種一面綠、一面白的，是防PM二．五霧霾、SARS或禽流感的鴨嘴模樣那種。

看守所不是外役監，不養雞鴨。

林明樹，警察大學學士、東吳大學法律碩士，已擔任三年的台北看守所所長，考績連續甲等，不過對他而言，這天也是頭一回，緊張得事前溜去醫務室量血壓、脈搏，即使一切正常，仍吞兩顆健保給付的抗焦慮小藥丸。長袖襯衫、長袖黑西裝外套，遮不住他的右手時不時顫抖，不是帕金森連續的抖，是被針刺著突然的抖。

每隔幾秒，間歇性地刺。

齊老大上前按住他肩膀，非常用力，幾近於用力摟的那種用力按，並貼心的取下手腕的佛珠套往林明樹的手腕。

佛珠是齊老大老婆從中台禪寺請來的，期望老公凡事別衝動，罵人前先掐珠念佛號，具有定神止躁的功效。

齊老大念了佛號，南無阿彌陀佛。

這不是尋常的一天。

法醫老丙就叫老丙，無論上級長官或初跑台北地檢署的新記者，一律喚他老丙，偶而寫結案報告時想不起他的名字，懶得打通電話問，直接就稱丙法醫。三十年前也許有人好奇：丙法醫？甲法醫和乙法醫呢？一年總得上十幾回電視新聞分析命案中的屍體，快追上五月天的人氣，丙法醫已成為陽光、空氣、水的當然存在。

地檢署，乃至於台北、台灣，就只有一名丙法醫，他本姓昺。

「日丙昺，光明的意思，發音為丙，甲乙丙丁的丙，甲骨文裡丙為魚尾，也是火的代號。我愛吃魚，見到記者，不由自主地火氣大，所以你們把我寫成老丙，雖不正確，可以接受。」

他穿幾處地方泛黃，不過仍追究得出原本應是純白色的醫生袍，鬍渣子裡總有些細微的小東西，猜得出他嚼完蔥油餅又沒抹嘴。對每位初次見面的介紹自己：敝姓丙，上日下丙的昺，光明的意思。

刑事局的第五文自認家學淵源，老愛挑戰老丙的「昺」姓：

「我姓第五，複姓，百家姓有，祖先是東漢的司空第五倫，你姓昺，哪裡來的日丙昺？」

老丙這麼回答：

「你可以姓第五，我不能姓昺？我祖上鮮卑人，後來漢化，挑個字當做姓氏。歷任的祖先一再告誡我們要低調過日子，尤其不可做官，好事輪不到，滿門抄斬受不了。不像姓第五的，到處出鋒頭，說不定哪天遇到姓第一的，悔恨到要改姓都來不及。」

昺，光明。

光明有其黑暗的一面，他抽菸、喝酒，喜歡吃警察的豆腐，幸好他的老婆以潑辣著稱，陸軍司令部官拜上校的大姐大，老丙人生裡陰暗的一面被強力壓制，甚至回家前得花五分鐘刷牙，設法消除菸味。據說丙家大嫂回家第一句話總是：

「家裡有菸味。」

完全家裡有共軍的高度警覺性。

老丙本是外科醫生，兼差法醫，不過十幾年來他對法醫的工作比進開刀房更熱情，成了台灣少數的專業法醫之一。

「替死人開刀，割歪了，切錯了，不會有醫療糾紛。」他說。

此刻老丙坐在一旁以蓮花指敲手機，如非討論公事便是應付記者。

即使行政院的發言人也沒老丙的媒體關係好，因為發言人有求於記者，記者則有求於老丙，像今天，像三天前到今天，所有與司法沾得上邊的記者全擠在法務部，菜鳥圍著好好先生的副部長喝古坑咖啡，聽副部長從《憲法》講到《民事訴訟法》；老鳥坐法醫研究中心破沙發，喝老丙免費提供淡得如水的茶，聽他分析三十六小時內屍體腐化中的變化。

他的茶不是茶葉泡的，茶包浸的，據說一枚茶包能泡三天。

節儉，老丙說，我的人格缺陷。

之一。齊老大用力補充。你的缺陷之一。

至於長得四四方方，有如麻將牌的刑事局偵查科齊富，論資格，是高刑事局長一屆的學長，早經歷分局長，原有機會外放直轄市警局的局長，但他抵死賴在刑事局掛三線一星當資深科長。嫌政治麻煩。

「到縣市當局長，成天叫我陪民意代表喝酒，我他媽不是酒家男。萬一哪個白目議員的手放到我大腿，老子當場蹦了他，鬧出人命怎麼辦？」

其實很多人佩服他的哲學，不論國民黨、民進黨的內政部長、警政署長，見到齊富，即使假裝也得客客氣氣稱聲「齊老大」。估計他被長官視為門神、等同家用工作箱，往儲藏室一塞，不礙眼不礙事不需要保養，必要時能派上用場就成。

齊老大是工作箱裡的指甲剪，不知誰心不在焉擱進去的。

另外是早準備一疊文件等長官簽字的沒有聲音、沒有姓名的書記官。

他當然有姓有名有其存在的價值，這晚大家太忙，一切能省略的姑且省略。

跑進跑出的羅蟄是跟班，剛掛兩線三星的台北市刑大警官，資淺官小，齊老大說什麼，他做什麼，而且始終一臉微笑。

與卑微無關，羅蟄就是這麼討人喜歡，不知誰開始叫「小蟲」，他從沒為此不舒服過。

「你他媽的，小蟲，去市刑大一年多，老毛病又犯啦？」

喀，羅蟄兩腳跟併攏敬禮：

「老大，好久沒見到刑事局長官，忍不住。」

丙法醫笑得如同乩童，抖個不停。

「拜託，老丙，你對他說說，看他的笑容沒？比梁朝偉笑得更帶勁，改行賣房子去，賺得更多。」

齊老大一度綽號雷公。

最後一個喊他雷公的警官，曾經立正挨罵三十多分鐘，稚弱的心靈受到極大創傷，辭職回家鄉參加選舉當了縣議員。如今他仍到處對各種人感恩齊老大：

「是老大把我罵成議員，多虧他鐵的教育。」

六個人從下午五點窩進看守所林明樹的所長室內，喝掉兩壺咖啡、半筒凍頂烏龍，沒吃便當，七點隨林明樹移動到人稱「奈何橋」的行刑室內。法務部三天前批下朱俊仁的死刑執行令，按照規定必須於三天執行完畢，換句話說，無論今晚下冰雹、刮颱風，台北看守所都得送朱俊仁上路。

消息傳出，二十四小時前，監所大小牢房紛紛傳出《往生咒》的誦經聲：

南無阿彌多婆夜，哆他伽多夜，哆地夜他，阿彌利，都婆毗，阿彌利哆，悉耽婆毗，阿彌利哆，毗迦蘭帝，阿彌利哆，毗迦蘭多，伽彌膩，伽伽楉，枳多迦利，娑婆訶。

為獄友送行，為自己累積陰德。

台北看守所不是一般的服刑監獄，專門羈押刑事案件中不准交保、等候出庭的被告，編制可容納約二千四百人，不過始終處於超收狀態，所長室內的黑板寫的最新數字是三〇七七，許多牢房因人數太多，晚上就寢時只能側睡。

一律朝左或一律朝右，免得口臭薰得彼此難入眠。

一名人犯曾向巡視的監察委員抱怨：

「你要不要來住住看，幹，半夜抓被跳蚤咬到的腿，先抓到左邊盧仔的腿，再抓到右邊灶腳的腿，恁爸找好久才找到自己的腿。」

監委走了，典獄長用他陰陽怪氣的口氣問那名人犯：

「監委交代我們改善，請問你抱怨跳蚤，還是抱怨盧仔、灶腳的腿？」

看守所的重要人犯分在單人房，包括死刑犯。

丙法醫愛討論台灣的人權，打呵欠地說：

「我們的司法，六字原則，抓起來，關起來。不信？走趟看守所看看，四字真言：一體收押。小蟲，我說的對吧？」

「是，長官英明。」

「他英明？少他媽的嘻皮笑臉。小蟲，不是才說過，少亂拍馬屁，還以為這幾年你長大了。」

「想到和老大在一起的日子，一高興真的忍不住。」羅蟄一臉笑容地回答。

其實丙法醫說的沒錯，若有心人統計被告的被羈押率、羈押時間、在看守所的平均使用空間之狹小，台灣可能的全球排名，可能被列為台灣奇蹟之一。齊老大補充。

◇　◇　◇

朱俊仁是在晚上七點整，由兩名戒護法警提出單人牢房，至東南角落高大圍牆下的行刑室交給法警隊長。

長方形的水泥房間，不到十坪，除了兩張小桌子和幾把塑膠板凳，比老丙屁股後口袋內的皮夾還空洞。

與其他房間不同的，室內地面未鋪水泥或磁磚，是掃把掃平的黑沙。

沙，一般用在水泥混凝土，滾桶式的機器攪拌之後，倒進木板拼成的空心樑柱間，牢牢黏住其中的每根鋼筋不放，保障大樓不因七級地震而倒塌。行刑室內的黑沙沒那麼大的責任，單純的就是黑沙，每年總得由受刑人加點新沙翻幾次，免得土城潮濕的天氣使沙土凝結。

再說換上新沙，至少讓人心情好過一點。

檢察官謝英弘依手中資料驗明朱俊仁正身，核對相片與指紋，由書記官拍下朱俊仁最後一張照片。朱俊仁既未合作也未不合作，他原本低頭，在書記官要求下勉強抬起下巴，相機的閃光燈成功地閃了。

朱俊仁留下遺照，日後被媒體一再使用，網紅蕭美女開玩笑稱之為「死相」，高票當選年度經典名詞第二名。六個月後沒人記得第一名，倒是第二名紅到下一年，成為LINE最常被使用的貼圖之一。

照相後，謝英弘以略略發抖的聲音念完法院判決與法務部行刑命令，問朱俊仁有何遺言。這時朱俊仁總算將目光轉到謝英弘冒汗的臉上，他精確地說出每個字：

「人不是我殺的。」

他在警察局這麼說，在檢察官面前這麼說，對律師這麼說，上法庭還是這麼說，被移送時他對守在警備車外瘋狂打閃光燈的記者也這麼說。這晚，他對謝英弘再說了一次，即使不具任何意義。

最後的晚餐由台北看守所廚房料理，鋁製自助餐盤六個格子內分別是豬腳、滷豆腐、蝦米炒高麗菜、炸雞腿、水煮再拌蠔油的地瓜葉、白飯。

比較今天看守所其他獄友的晚餐：炒花椰菜、素蝦仁滑蛋、醬爆素雞、番茄蛋花湯，很多受刑人誤會看守所為教化人心，費盡苦心地只安排素食。

試試死刑執刑日的伙食看看。

朱俊仁試了，他晚餐豐富的程度不能和米其林比，不過比起丙法醫家的減肥餐，絕對人道許多。徹底不講究膽固醇和熱量。

稍早羅蟄閒著沒事逛了逛看守所，經過廚房偷偷看兩眼，炸了不少隻雞腿，給朱俊仁的最大隻，其他的盛在同樣的餐盤送進所長室，羅蟄不忘向後脖子裸女刺青的主廚要生辣椒與胡椒。齊老大愛辣椒，丙法醫愛胡椒。

可惜沒人碰香噴噴、油滋滋的雞腿，寧可繼續灌烏龍茶。

最後的晚餐，聽起來頗讓人的肚腸涼颼颼的。

例外的當然是丙法醫，他吃得香，灑了胡椒的雞腿啃得骨頭四分五裂，豬腳找不到殘渣，要是鑑識中心同仁來採證，恐怕面對光溜溜的餐盤流下考績丙等的眼淚。

老丙花十一分鐘吃完他的晚餐，滿足地打個飽嗝，羅蟄馬上送去新泡的烏龍。

「長官辛苦。」

「吃飯辛苦？老丙，你河馬啊？」齊老大補充。

當沒聽見，老丙的筷子夾起另一隻炸雞腿回問齊老大：

「你不吃？浪費，我打包回去給老婆當消夜，她這星期開始另一輪的減肥。從認識她起，減肥二十六年，不捨晝夜，株連九族，不像話。」

齊老大哼了兩聲，既未同意也未反對。

羅蟄倒是俐落地將雞腿連同胡椒罐一起打包，裝於紙袋，恭敬地放在老丙腿旁。

對，還有，小瓶高粱酒與酒杯。

看守所內最大傳說是綽號冷面殺手的竹聯大哥劉煥榮，民國八十二年三月二十三日執行死刑時，他一口菜、一粒米未吃，喝光所有的酒，向法警討根菸。

根據事後的轉述，晚上月色皎潔，大熊星座沒有表情地看向荒蕪的宇宙，劉煥榮蹲於行刑室外水溝蓋，對熟悉的夜空將長壽抽到僅剩濾嘴殼，扔在拖鞋前狠狠踩了幾腳再起身，向在場的人說「謝謝大家」，然後喊出著名的遺言：

「中華民國萬歲。」

從未有人追究劉煥榮赴死前喊「中華民國萬歲」是什麼意思，相較之下，與「愛台灣」有拚，比「人不是我殺的」正點多了。

朱俊仁啃了豬腳，吃了雞腿，和老丙不同，他偏食，不吃青菜。喝了一杯半，約三分之一的小瓶高粱，臉龐泛紅，看得出他不曾是豪飲的人。朱俊仁不抽菸，三十三年短暫的生命之中，從未抽過一口菸，最後一刻鐵下心腸不願破例，和擔不擔心得肺癌無關。

老丙事前詢問要不要先打一針麻醉劑，減少痛苦？他同意。所長林明樹問需不需要神父、牧師、和尚或師公，朱俊仁拒絕，他對所長說：

「我不需要懺悔，人不是我殺的，上帝知道。」

兩天後，「上帝知道」成為某報的一版大標題，被翻譯轉載至國外網站，用的標題是：「Heaven Knows」。隱隱含著點「老天爺才曉得」的反諷意味。

一個月後，台北著名的潮衣店販售一款新T恤，白底黑字：上帝知道。一千五百元一件，比搶銀行的行徑稍微合法些。

要是台灣所有的司法案件能用「上帝知道」做注釋，免去多少街頭抗爭。某專欄作家寫道：

「希望上帝真的知道。」

媒體閒著也閒著，追查這位作家的背景，追出他是佛教信徒，網上展開攻擊，認為他既不信仰上帝，講這話是什麼意思？最後鬧到頭髮灰白的作家出面道歉，他誠摯地回應網友：

「希望佛陀真的知道。」

輪到佛教信徒不滿意，居然牽拖佛陀，明明作家信仰不虔誠！最後以作家關閉臉書與網站，近乎人間消失地結束爭論。

沒人問死刑過程扮關鍵性角色的丙法醫，他替朱俊仁打了麻醉針，劑量略高——愈無知覺，人死得愈無痛苦。不必擔心用量太高致人於死，反正都得死。上帝與佛陀對丙法醫打針的協助死亡行為，屬於善行或惡行，未發表意見。

打完針，丙法醫與林明樹退到一邊，按照死刑執行規則，供完餐，人交給檢察官，算沒他的事了，不過身為看守所所長，還是負責任地繞行刑室一遍，完成最後的檢查。

七年未執行死刑，在場的人表面平靜，從他們沉重的呼吸卻能感受陷入莫名的燜燒鍋式情緒騷動中。

室內呈長方形，僅正面一扇窗打開透風，讓死者的靈魂知道往那兒去。室中央的黑沙上鋪了床棉被，法警押朱俊仁至棉被前喊：

「趴下。」

朱俊仁猶豫了一會兒，估計不超過五秒，兩膝往前一彎便趴上棉被。老丙看看錶，麻藥應該已生效，他朝法警隊長點頭，法警隊長朝兩名執行的法警點頭，執行的法警也相互點頭。

戒護法警退回至謝英弘檢察官兩側，行刑法警上前，從槍套內拿出重零點九一公斤的國造T七五手槍，裝滅音器，上膛，瞄準朱俊仁囚衣背心畫了圓圈的標的。

執行死刑的槍手一定兩名以上，民國四〇、五〇年代曾有三名，軍法單法甚至安排過四名，用意在避免一名槍手的心理壓力太大。有段期間甚至對行刑法警撒善意的謊言：

只有一把槍內填裝實彈，其他槍是空包彈。

行刑者不知道死刑犯是否死於自己的槍下，罪惡感不那麼強烈吧。

行刑法警的正式名稱是「法警槍手」，聽起來挺「美國狙擊手」。

「小蟲，殺過人沒？」齊老大輕聲問羅蟄。

「沒有機會。」

「殺人算機會？你腦子裡到底裝什麼？抹不掉那個小女生甩下你嫁給你同學留下的陰影？」

羅蟄愣了愣。

「是。」

「當警察若四十年沒殺過人，平安退休，叫功德圓滿。」齊老大停一下，「你沒有機會開過槍，遺憾？」

這回羅蟄沒回答。

安靜的室內，老丙可能急著下班而喪失耐性，有意無意發出輕微的咳嗽聲，謝英弘檢察官才喊：行刑。

不廢話，噗、噗兩槍，朱俊仁的手腳痙攣式的抖動，而後歸於平靜。

槍的效果沒有想像中可怕，朱俊仁痙攣的同時，星點般的血從傷口噴出，噴到一旁的沙地，瞬間被黑沙吸收，只留下囚衣上的血漬，即使血，也很快由鮮紅變得暗紅，變得不再真實。

此時晚上八點零三分，早年警總時代多選擇凌晨行刑，希望死者下輩子不再走夜路，可是槍聲太響，引起周邊居民的抗議，民意壓力下改在晚間居民看電視連續劇、打麻將、做功課的忙碌時段進行。同時行刑槍枝由軍用卡賓槍改為手槍，並裝上滅音器，近距離擊發。

立法院多年前討論過死刑的處決方式是否由槍決改成注射毒劑，不了了之，因為注射毒劑必須由醫生執行，而醫生都立過類似西方國家的希波克拉底誓詞。老丙啃雞腿時對羅蟄說過：

「我當醫生立過誓，其中一句：我將盡可能維護人類的生命，從受胎那一刻起，即使在威脅之下，我也不用我的醫學知識違反人道。小蟲，你說上哪兒找替死刑犯注射毒劑的醫生？別說良心過不去、沒有額外的津貼，光依《醫師法》可以當場取消行醫執照。」

但打麻醉劑可以，算人道。

當老丙上前檢視朱俊仁是否失去呼吸心跳時，謝英弘已忙著掏出手機，他一改剛才的緊張，大聲講話：

「是，報告部長，執行完畢。」他看老丙：「確定死亡？」

老丙比個ＯＫ的手勢。

「報告部長，確定死亡。是，報告部長，依法執行朱俊仁死刑完畢。」

法警隊長上前單膝跪在朱俊仁腳前，口中喃喃自語，可能念大悲咒，解下鐵製的腳鐐。早幾十年犯人會在腳鐐塞千元鈔票，感謝法警爽快地送他上路，而這副腳鐐在獄中也有人搶著要，因為解脫了，再戴這副腳鐐的犯人不會和死刑扯上邊了。這些年法警既不能收死刑犯留在腳鐐上的錢，也沒人在意腳鐐是否代表自由。

不自由，毋寧死，歷史課本裡的名句，看守所不講究這套，講究能不死就不死。

隊長慢動作解下腳鐐，與一旁的四名法警低頭向屍體致意，他們的工作至此結束。

兩名法警槍手忙不迭閃到室外點起香菸，進口的洋菸，不是白殼或黃殼的長壽，吸的方式可能和劉煥榮類似，半仰下巴，對天邊的弦月吐出裊裊白煙，恍如拿過坎城、威尼斯影展大獎的國際大導演於黑白電影刻意營造出的哀愁。

◇　◇　◇

羅蟄是旁觀者，謹守本分一語未發在角落看儀式進行。本來不用參與，齊老大向台北市刑大要求借羅蟄陪他走看守所一趟，於是羅蟄不得不站在屍體後方，看法警開槍，看血冒出，看著朱俊仁扭動的腳踢掉藍白拖。

朱俊仁殺人案原由台北市警局負查偵辦，因案情重大，警政署當天下達指示，交由刑事局，那時羅蟄仍在刑事局的鑑識中心，聽從齊老大領導，不過已調到台北市刑警大隊一年多，齊老大指定他旁觀朱俊仁的死刑，和羅蟄當年職責有關。電話中齊老大說得直白：

「陪我去看守所，猜你和我心情一樣，想對朱俊仁說聲抱歉。」

不想說抱歉，羅蟄根本想忘記這宗案子。

羅蟄對朱俊仁的印象當然深刻，從刑事局的偵訊，到死刑前說「人不是我殺的」，朱俊仁在監接受調查與審判的十七個月期間彷彿成長了三十歲，不再是當初被捕時幾乎尿濕褲子的宅男。

老丙和齊富多年老友，喚住有點失神的齊富：

「齊老大，這裡。」

所有人跟上以謝英弘為首的行刑參與者隊伍。

室外有間紅瓦紅牆的小地藏王菩薩廟，大家依序向菩薩上香，在廟旁的水龍頭下洗手。十八歲後沒進過任何宮廟、寺院、道場，本來不想隨大家拜地藏王菩薩，朱俊仁最後一刻痙攣的腳使羅蟄改變主意，跟著領頭的謝英弘舉香過頭，不過他並未閉目祝禱，才拿起香而已，突然周圍變得陰暗、無聲，膝蓋高的小菩薩廟後冒出刺眼的光芒，許多模糊的黑影在上香的眾人之間飛快的移動位置，羅蟄前面的各級長官墨汁般往外滲，似遙遠，似不遠。

維持的時間不長，至多幾十秒，光芒消失，齊老大把從羅蟄從空無喚醒，他關心地抓羅蟄握香的兩肘問：

「小蟲，沒事吧？」

「沒事。」

說不出的感覺，難不成貧血？黑暗中，小廟變大，3D立體般突出於灰色的霧裡，沉默得像沒有流星的外太空，僅剩極細微的嘶嘶嘶原子撞擊聲。小時候的記憶砰的跳出，可是十八歲後再沒這樣過。

羅蟄深呼吸幾口，甩掉所有不該出現的記憶。

謝英弘檢察官焦慮地講手機聲音傳來：

「是，長官，馬上簽死亡證明，我帶死亡證明立刻回部裡。」

死亡證明早準備妥當，法醫老丙簽了字，所長林明樹簽了字，謝英弘也以萬寶龍鋼筆簽上名字，對待離婚證書般小心收起那張證明，抓起公事包問林明樹：

「車子在門口？」

「是，檢座，已經吩咐司機在門口等。」

謝英弘沒向其他人打招呼，逕自快步出去。

所有人清楚，七年來第一次執行死刑，想必記者分批守在看守所和法務部外等消息。法務部的記者室此刻應燈火通明，部長焦急地等謝英弘回去開記者會說明執行死刑的過程。

間隔七年了，對行刑的法警和各級長官，都是第一次執行死刑。

反死刑團體為廢除死刑已努力二十年，許多三審定讞的死刑犯一直留在看守所，也是考量一旦執行，對廢死聯盟的衝擊太大，引發社會不必要的抗爭。

朱俊仁卻非打掉不可，謀殺林家老小三口人，從八十八歲的阿公林貴福到十三歲的金孫林真，泯滅人性，罪大惡極。初次至刑事局接受偵訊到地檢署複訊，乃至於三級法院的審判，從未表現悔改之意，反廢死聯盟與死者家屬一再陳情，不打掉朱俊仁無法向這群人交代，況且媒體的民調顯示，贊成執行朱俊仁死刑的占六十七趴，反對的僅二十二趴。

可能民調數字嚇人，可能中庸勢力仍是社會的主流，新總統上任半年便批了死刑執行命令。報紙社論的標題是：以儆效尤。

「我忘了你的顧忌。」

齊老大一手搭上羅蟄的肩頭問。

「媽的，忘記你有燒香拜拜的顧忌。」

「報告長官，多謝關心。」

羅蟄顯然不想面對可能接下來的一堆問題，幸好齊老大上道的甩甩頭：

「算了，你的私事，愛說不說。小蟲，你們市刑大講究官場那套？看看你，又開口閉口報告長官，不怕喉嚨長痔瘡？」

「是。」

「到我辦公室坐坐，廚房準備了綠豆稀飯。」所長林明樹吆喝。

長官在前，羅蟄小心地走最後面，本來想對齊老大說，一時沒說出口，上香的瞬間，黑暗中，他看到列隊站在廟前的長官，看到廟裡閃現的淺灰影子，但是沒看到該飄、該蕩的。

忍不住停下腳步想對地藏王菩薩廟旁燒紙錢的法警隊長說說，可是沒緣由的覺得腎上腺飆高，羅蟄三步兩步跑回行刑室，兩名法警正要挪動屍體。

「等一下。」

往屍體再看一眼，果然！羅蟄扯直嗓門的大喊：

「他沒死，朱俊仁沒死！」

這是羅蟄進警官學校以來，第一次見證當場被打死的屍體，可是屍體沒當成屍體。

◇　◇　◇

朱俊仁的確沒死，括約肌未如預期的鬆弛釋放體內大小便，背心的槍傷處仍然淌出鮮血，無聲地汩汩流著。

沒有心跳的人，泵浦不出流不停的鮮血。

老丙聞聲率先衝回現場，他是法醫，是他確定朱俊仁已死亡，難道看走眼？

緊跟老丙之後的是看守所長林明樹，負責執行槍決的是高檢署派來的法警隊，由他督導。

滿口三字經的齊老大沒錯過，嘴中嘟喃：剛才明明見證法警槍手打了兩槍。

沒錯，法警槍手還於執行前在朱俊仁囚衣背心畫了圓圈，兩把T七五手槍開槍時距圓圈頂多一公尺，彈著點清楚落於圓圈內。

法警隊長重新檢查兩名槍手的槍隻與子彈，沒有問題，隊長急得朝窗下的水泥牆試開一槍，彈頭嵌在牆面。

槍與子彈都沒問題。

「快通知醫護所。」老丙喊。

所長抓起的手機卻突然僵在他眼前。

「老丙，我們該救他嗎？」

一句話使所有趕回行刑室內的人陷入急凍狀態。

「叩檢察官，叩法務部，你們他媽的能叩誰就叩誰，就是不准叩記者。」齊富照例多管閒事地喊。

林明樹反應過來：

「現場所有人不許動，留在這裡，靜待司法調查。」

書記官舉起他的iPhone：

「報告所長，謝檢察官通話中，接不通。」

「繼續撥。」

羅蟄沒撥號碼，悄悄打開手機偷瞄網路新聞，見到法務部長的臉孔，記者會已經開了。跑馬的字幕上寫：

朱俊仁死刑執行完畢。

齊老大瞄到，湊上來看。

「事情大條。」他嘆口氣，「所長，有沒有《六法全書》？借一下。」

當書記官仍不停重撥謝英弘檢察官的手機，當林明樹激動的對手機另一頭法務部值勤官員說話，當老丙忙著為朱俊仁止血，齊老大翻開厚厚的《六法全書》，想從裡面找出如何處理未打死的死刑犯處置方式。

「法務部說叫槍手重新再補兩槍。」林明樹放下手機下達指示。

包括兩名法警槍手與法警隊長都面面相覷。

「快去補兩槍。」

「不能補。」齊老大闔上《六法全書》，「剛剛丙法醫和謝檢察官已經開具朱俊仁的死亡證明，三分鐘前法務部長在記者會上宣佈朱俊仁已死亡，網路上有了朱俊仁被槍決的新聞，死亡證明書上你們簽了字，朱俊仁於八點零三分，十八分鐘前死亡，誰敢對死掉的人再開槍？毀屍罪，五年以下有期徒刑；你們全是公務人員，知法犯法，加重其刑。」

「法務部指示的。」

「指示？命令在哪裡？書面的、手機訊息的，拿來看看。」

「他在電話裡說的。」林明樹小聲回答。

「糊塗，林所長，請對你下指示的法務部哪個小王八蛋傳補兩槍的訊息到你手機，留下證據，免得他們事後不認帳，你違法，我們旁觀，大家倒霉。」

林明樹抓著手機猶豫該聽齊老大的，還是法務部那個小王八蛋的。

醫護室來了醫護人員與擔架，站在門口發呆。

「誰叫你們來？」

「所長，我叩的。」老丙揮揮他的ASUS。

「他們來做什麼？」

「我是醫生，考進醫學院立過誓。林所長，醫生的責任是救人，朱俊仁既然沒死，我就得救。」

沒人敢攔阻，擔架扛起仍處於昏迷中的朱俊仁，隨老丙慌張地離去。

「一定是麻醉劑降低心跳和脈搏，哎，怎麼在關鍵時刻大意。」

老丙對朱俊仁未死亡的可能原因做了初步解釋。

林明樹的手機響起，部長剛結束記者會，剛上座車，剛以極速往看守所趕來。

可以想見，部長車後應該是長長的車龍，包括電視台的ＳＮＧ車、報社的採訪車、廢死聯盟、反廢死聯盟的宣傳車。

「老大，多謝，那個法務部的王八蛋不肯傳訊息，怕負責任。」

「不謝，下回請我喝酒。」

齊老大不想蹚渾水，他向林明樹再說了幾句話，而後對屬下交代：

「小蟲，你留下，隨時報告狀況。」

是。羅蟄留下。

看守所內的混亂以林布蘭名畫《夜巡》的方式表達，畫面上的人物看往不同方向，僅中間的長官伸出左手掌，張大嘴巴，完全「干我什麼事」的表情。

法警分成抽菸與此刻沒心情抽菸的，站到室外等候指示。

書記官跟在林明樹身後。

老丙去了醫護室。

大家見到林明樹對書記官伸出左手，再伸出右手，比了個有時用在擁抱，有時表達十足無奈的「八」字形。

為什麼打不死？

羅蟄處於看守所的風暴之中，編制不在監所，可是齊老大要他留下，小小警官不知所措地四處遊走，希望能找到該他站的位置。走到看守所簡易的醫護室外，躲都躲不開的聽到老丙傳出的吼聲：

「為什麼你們事先不知道他器官轉位？」

另一個虛弱的聲音：

「丙法醫，我們是看守所，不幫羈押人犯做健康檢查，不幫羈押人犯拍X片，怎麼知道他的心臟在右邊。」

「沒拍X光片？先救人要緊，子彈打中他的肺，止血，紗布、手術鉗，別讓他被自己的血淹死。」

一陣乒哩乒啷，老丙與醫護室人員急躁地搶救已法定死亡的……死人？

◇　◇　◇

法務部的長官陸續抵達，看守所的會議室擠滿人，除了部長，常務副部長、主任祕書、矯正署、高檢署、法制司與保護司的司長，外加他們的助理，還有行政院派來的顧問、臭臉的女發言人，二十多人有的坐，有的站。

沒人理會穿制服、佩服務證、手中沒有水壺替大家茶杯加水的小警官。羅蟄悄悄開手機，現場直播給已離開現場的齊老大欣賞。

第一個重要的訊息是老丙報告的：朱俊仁沒死，麻醉劑藥效剛過，他喊痛，喊口渴。

老丙說明，因麻醉關係，槍決執行後他摸不到朱俊仁的脈搏，用聽筒聽心跳則聽錯心臟的位置，以致於誤判死亡。

「器官轉位，」老丙說：「心臟位置不在一般人的左胸，往中央移，百分之十可能罹患先天性心臟病，朱俊仁還年輕，尚未顯示不正常的病徵，以致被疏忽。」

部長拉長臉不作聲，看得出他認為疏忽的不是朱俊仁，是老丙。司長與其他長官各有各的表情，不知誰發出來自胃部深處的打嗝聲。

靠，有人從麻辣鍋旁趕來的。

林明樹詳述行刑過程，以示看守所並未犯錯，部長沒興趣聽。看表情，恐怕他晚飯吃的也是麻辣鍋，三昧真火快從鼻孔噴出：

朱俊仁為什麼不死！

衛福部傳來另一消息，各大醫院找不到朱俊仁七歲之後的就醫記錄，當然更沒有心臟病病歷或X光片，可能朱俊仁也不知道自己的器官轉位。衛福部專人至看守所報告，器官轉位者的比例大約萬分之一，台灣二千三百萬人，判斷應有二千二百人有此先天的不尋常器官構造，建議將朱俊仁送專業醫院做縝密的檢查，至少得拍張X光，否則法務部很難對社會大眾解釋執行死刑失敗的原因。

部長終於找到出氣對象：

「丙法醫，請你在最短時間內找齊相關資料，明天中午開記者會，由你負責說明。」

老丙的祖先從不做官，料不到芝麻大小法務部法醫研究所十一職等研究員的意外人生，毀了咼家清譽。

「報告部長，這是樁有趣的案例，請部裡考量增加看守所醫護室的設備。規模大到容納三千人的看守所，不合理的缺乏起碼的醫護單位，傳出去能嚇死先進國家。建議部裡可以向衛福部申請，在看守所內配備衛生所。」

齊老大早說過，千萬別惹法醫。老丙為維護咼家千多年來的聲譽，大腳將球踢回法務部。

部長對老丙的建議不表興趣，他的頭摸著燒，接下來的問題更棘手，既然朱俊仁沒被打死，卻已簽署了死亡證明，法務部依法能將康復後的朱俊仁抓進行刑室再補一次死刑嗎？

如果不補行死刑，總統簽名、行政院長簽名、法務部長簽名的執行死刑命令怎麼辦？當從沒發生過這件事，純粹誤會一場？大家回到法院重頭再來一遍？

七年來首次執行死刑、總統剛上任半年，朱俊仁已形成新政府的第一個難以處理的危機。

台大醫院開來的救護車接走朱俊仁，其他黑頭車載走各級長官。停車場一角的制服小警官遵照指示結束直播，小聲向刑事局三線一星長官齊富報告完畢，揉著眼睛到處找TOYOTA勤務車時，老丙擋在面前。

「你怎麼發現朱俊仁沒死？」

「看到他還在冒血，死人會流血，不會一直冒血。」

「大家都離開行刑室，你怎麼看到？第三隻眼？說，直說。」

「心血來潮想再看一眼，就看了。」

「你是他前世情人，有感情？想再看一眼？」

「不，報告丙法醫，我——」

老丙卸下滿臉的武裝，打個呵欠。

「覺得滿無聊，本來今天來是為了結束，忙一晚上怎麼變成另一個開始。」

「不會再開始，朱俊仁死刑定讞，我看幾天後再執行一次死刑，所有人重演一次罷了。」

「小蟲，這種事你覺得誰有興趣再執行一次？」

「怎麼辦？總統簽的死刑執行命令。」

「是嘛？說說你的感想。」

「是，朱俊仁從被捕起，一句自白也沒——」

「大刑侍候，我們合力灌辣椒水，嗆他個半死不活，你們齊老大上回說的，拿牙刷刷他小老二，刷到腫成一大包，看他說不說實話，認不認罪。」

「聽起來有點噁，妨礙消化。」

「感想，今天的！」

「碰上偏心的人，趕快去買威力彩。」

「嘿，偏心的人，小蟲，說的好。你連夜印T恤，明天我對媒體這麼說，保證你大發利市。」

「長官愛說笑。」

「說笑？沒心情。附近哪裡有賣早餐的？」

「一定有，」羅蟄猶豫，他對土城根本不熟，「海角天涯一定為內法醫找到早餐店。」

凌晨三點四十七分，天沒亮，八年內跑得座椅嗹噹響的老TOYOTA滑進新北市信義路往板橋方向，設法利用導航系統找到已經開始做生意的早餐店。

廣播裡的新聞重覆撥放法務部長說明朱俊仁未死的原由，他的車隊沒能開出看守所，幾十輛媒體採訪車攔住出路，部長只得面對現實，停下車當場開記者會，用聽來十分誠懇的聲音說：

「目前為止，丙法醫判斷因朱俊仁器官轉位，心臟不在它該在的位置，導致法警槍手未射中心臟，朱俊仁當場未死亡，已經送醫急救。其他詳情明天請丙法醫於記者會對社會大眾公開說明。」

「其他詳情？」

老丙換電台，他喜歡古典音樂。

「部長以為是連續劇？小蟲，早餐店遠嗎？」

「不遠。」

非常餓，羅蟄好像從沒這麼餓過，老丙拿出口香糖分羅蟄半片，兩人用力咀嚼，彷彿如此能嚼出延續生命的養分。

第二部

夢裡不停的出現聲音，有時男聲，有時女聲，空洞帶有回音的聲音。

男孩睡在廟後供香客使用的休息室，長形房間，四張鋪雪白床單的單人床排列得如同梳子。床與床間是二十四孝圖畫的屏風，他躺在最裡面那張床，屏風畫的是「臥冰求鯉」，晉朝的王祥躺在冰封的湖面，兩隻鯉魚飛越於他頭頂。

屏風後站著廟公阿伯順仔與面帶焦慮表情的男孩父母。

意識雖不清楚，聽得到父母和廟公阿伯的爭吵，爸要帶他去醫院，阿伯懇求再住兩晚，保證孩子醒來後不會有事。

然後聲音再出現。

日後朋友、同學好奇問他那幾天到底發生什麼事，他不能講，也講不明白，是他和神明的約束。有點類似學校裡上課，聲音要他學習一些事情，學習另一種語言。

清醒後阿爸說他一直說夢話，聽不懂的外國話。廟祝阿伯笑瞇瞇地看他，阿伯永遠微笑，從未板過臉。

睡了三天，床單和枕頭濕的，衣服由阿母換過三次，仍是濕的。

汗流不停。阿母摟著他說話，阿爸一直傻笑。

廟祝阿伯煮了稀飯和好幾樣菜，素的，三個月內不能沾葷食，他笑嘻嘻對男孩說：

「多吃多出汗，馬上好。」

肚子餓，他吃好幾碗稀飯，吃到拉肚子，不但拉，還吐，吐光剛吃下的飯菜再吐出黑水。

「不要緊，休息一下再吃。」阿伯拍他背心。

外面好幾個大人和阿爸、阿母開會，不知講什麼，阿爸大聲和他們吵架。

第三天，阿伯領他從前殿拜到後殿，向每尊神祇上香、磕頭。最後回到前殿的供桌前，阿爸阿母和其他大人守在那裡，用期待的眼神看他。

「現在，我們向神明請示。」

按阿伯教的規矩，上香後捧兩枚筊杯誠摯向溫府千歲請示，然後擲出筊杯。在地面彈跳幾下，筊杯停住，一正一反，聖杯，神明同意了。

「再一次。」

男孩繼續手捧筊杯向神明請示，再擲出去。

一正一反，聖杯。

感覺得到大人焦慮眼光射來的熱度，溫度最高的是阿爸。

第三次擲出，半月狀的筊杯連考慮也不考慮，直接呈現一正一反。

所有人再向神明磕頭感恩，大人紛紛與阿爸握手，聽到阿爸說：我是學校老師，兒子當乩童，別人問，不知道怎麼回答。

年紀很大、下巴有鬍子的老人拍阿爸的肩：

「神明的意思，有人問，讓他們來廟裡問神明。」

阿爸從未帶任何人來廟裡問神明，別人問，他笑笑不答。學校裡同學問，男孩也不答。鄉下人和宮廟共生，尊敬乩童。長大到台北進警官學校填過去經歷時，才有人驚訝地問：

「你當過乩童？」

他只是傳達神明的意思，幫助困惑的信徒。

聽從阿伯的話，男孩沒想太多，每周六至廟裡，神明上身的時間不一定，有時一整天也沒來。若上身，由阿伯處理，男孩除了事後感到疲憊，對過程沒有太多記憶——不，是如夏天雨霧後的記憶，如夢裡聽到的聲音，見到飄浮的人影，還有，沒對任何人說過，有時他看到自己站在飄浮的人影中間。

很奇怪，怎麼會看到另一個自己？

最初他的工作是寫字，在沙盤上寫。寫的字他看不懂，對著描也描不像，他怎麼會寫那些字？由阿伯翻譯，唯有他和鄉裡很老很老的蔡阿公看得懂神明透過男孩的手寫出的字。

十二歲的年底，溫府千歲照例繞境保庇居民平安，天沒亮廟裡便忙得不可開交，宋江陣尚未整隊，神明忽然上身。阿伯說以前從沒發生過這種事，可是發生了。

那天男孩開口講的河洛官話一句接一句，比講國語更順暢。阿爸恰好也在，從此他沒懷疑過兒子與神明的關係，因為無論嗓音、口氣、講出的話，兒子不可能學過。

阿伯是桌頭，他能聽懂神明的話。那天出了事，神明下旨延後出發。神明離開不到一分鐘，天降大雨，連續不停，淹掉周圍十多個鄉鎮。向溫府千歲請示，那年沒繞境，宮廟集中所有人力、財力救濟受災戶。

男孩很得意，彷彿是他預見大雨。

阿伯第一次沒給他笑臉，回家阿爸罵他好久，他哭得躲回床上不肯吃飯，阿母進來要叫他，被阿爸罵出去。

他躲在棉被裡，第二天早上醒來，雨還是沒停，那時他恍惚明白，預見大雨這種壞事，不該得意。

阿爸出去幫忙救低地的鄰居，阿母偷偷拿早餐進來，母子在床上吃牛肉湯、荷包蛋和好大一碗米糕。

那時，羅雨呢？

1

「男人躺在床鋪正中央，圓形的床，按個鈕，床三百六十度地轉，換成我，恐怕躺不了十分鐘，頭暈得能把膽汁吐出來。」

齊老大抹掉額頭的汗水，乾脆脫下他三線一星的制服外套。

「當然，能調整速度，三段式的。不是說床，說的是枕頭，墊在屁股下的屁枕。叫什麼來著？」

「情趣電動枕。」老丙接下話。

可能他上網購物時看過，確定他沒買，如果他買過，絕對假裝不認識這種枕頭。

「總之是個屁枕，它也轉，第三段的速度是每分鐘十二轉，motel的人說，廠商說十二轉是極限，再快，搞不好產生離心力作用，稀里呼嚕，把人抛出去，留下可憐的斷根老二，孤苦無依。」

他喘口氣。

「男人全身光溜溜，倒是左腳的襪子穿了一半。黑色，那種拉到小腿中間留下印子的男性專用絲襪，讓我他媽的聯想到軟掉小老二上的保險套。我奇怪，他幹麼穿半隻襪子上床？小蟲，你說咧？」

「屍僵。」老丙解釋，但齊老大沒聽見。

「後來一想，明白了，女人幫他穿的，見床上的人不動，沒呼吸，沒心跳，直覺第一個反應是幫他穿好衣服，叫車送他回家，沒想到連一隻襪子也穿不進去。」

羅蟄幫忙碌的老闆端來五碗肉羹、五盤米粉、一碟粉腸、一碟海帶滷蛋、一碟澆了大蒜醬油的花干。

「女人打電話回夜店找經理，以為夜店有對付客人馬上風的SOP，沒想到經理回得令人心碎哪：妳問我，我問誰。女人打電話給她要好的另一個女人，對方回得有人性多了：快打電話給一樓櫃檯報警，打完妳就跑。」

覺得不夠味，齊老大本來朝老闆，轉成朝羅蟄招手：

「辣椒、辣醬，辣的都好。」

他認為老闆忙，羅蟄閒。

「女人，我說的是幫男人穿襪子的女人，她真打電話到櫃台，別小看motel，人家的訓練不比五星級酒店差，兩分鐘內提電擊心臟的AED敲房門，兩個男人忙得氣喘吁吁，不怕口臭的連口對口急救都做了。沒成果，其中一個打電話報警。十多年前的事，我先趕到現場，意外地，房內那女人沒開溜，堅守刑事現場的好公民。她站在陽台玻璃門前講手機。接下來，你們都知道——小蟲，辣椒——警察苦命人，全副武裝站在門口等法醫、等檢察官，等得海枯石爛，尤其法醫難等，他們忙著找襪子。」

「那回的法醫不是我。」老丙口氣平淡的再接話。

「我抽空找女人和motel的職員做筆錄，聽起來事情不複雜，打炮打一半，男的一口氣喘不過來，心臟病發。」

五人圍著小方桌拿湯匙吃肉羹，加辣椒醬的，加生辣椒的，吃得全神貫注、面紅耳赤。

看來個個心臟勇健。

「我和管區之後，最早來抵達現場的照樣不是檢察官，不是法醫，小蟲，猜猜是誰？」

羅蟄來不及回答，老丙則不太想回答的樣子把肉羹喝得咕嚕作響。

齊老大瞄老丙一眼：

「是死者老婆。跟我去的一線三星菜鳥，嗯，那時他差不多和小蟲一樣嫩，第一次見到屍體，嚇得臉色發青。要嘛出去吐，要嘛去隔壁土地廟招魂。小傢伙嫩得分不清刑事案處理程序，有事沒事拿死者身分證號碼問勤務中心，居然通知死者家屬。這下子可好，頭頂掛把梳子、穿三條線運動褲、提香奈兒包的李太太衝進房間，她沒抱老公的屍體哭，沒問我這名制服警官發生什麼事，她筆直走向玻璃門前滑手機的女人面前問：妳是誰？」

齊老大嗑完一大盤米粉，發出「啊」的滿足聲音。

「報告長官，頭上為什麼掛梳子？」羅蟄開口即後悔。

「小蟲，結婚去，不結婚的男人搞不清女人全身上下那些零組件和她們迷得你非結婚不可之間的關係。」

「梳子能固定額頭的瀏海。」仍是老丙接話。證明他已婚，歷經滄桑。

「報告長官，後來呢？」官校剛畢業的小路問。

「後來？人生由一些我們平常想都想不到的瑣碎小事串成，串得你目瞪口呆。李先生召妓死在motel，上市公司的董事長，多少要點面子吧，屍體領回去辦喪事，派公關公司代表跟市警局的局長打商量，別把死亡地點，不光彩的motel讓記者知道，人已經死了，犯不著弄臭生前英名。不，李太太的脾氣剛烈，她不找公關公司，找了律師告妓女謀殺，堅持法醫替她老公做三天兩夜全套健康檢查式的驗屍。小蟲，見過這種女人沒？」

「驗屍沒半套。」老丙嫌齊老大不專業。

「報告長官，怎麼告謀殺？」羅蟄一副捧場的表情問。

「有屍體，有現場證人，當然能告謀殺，只要設法把現場證人變成凶手就好。檢察官見老百姓按鈴申告，謀殺案不能不辦，可是怎麼辦？心肌梗塞，法醫驗得清清楚楚，死亡證明上四個大字：自然死亡。李太太的律師不同意，認為妓女使用不正當的激烈手段，造成李太太的老公心肌梗塞。同時還告motel，說會轉的圓床和會轉的屁墊是凶器，故意使她老公興奮到心臟無法承受的地步。連擺在房間角落無辜的八爪椅照樣被律師拍下照片當凶器，要我們檢驗上面有沒有死者與女人的毛髮、皮膚屑、體液。小蟲、小路，要是你們接到這案子，怎麼辦？」

「起訴了嗎？」小路一氣呵成地吸一坨肉羹進食道。

「起個屁訴，故意裝笨是不是？八爪椅、圓床、屁墊哪樣算直接證據？再說李董事長明明有心臟病的病史，上夜店一小時不到，喝了大半瓶威士忌，蘇格蘭、泥炭味、二十五年的。付錢帶小姐去motel開房間做special，一次三萬元不含小費，全部有人證和監視器影像，沒人拿刀拿槍逼他進motel、上他媽會轉到直犯噁心的圓床。檢察官以證據不足，不起訴。李太太不接受，最後律師和檢察官再三討論，以妨害家庭起訴妓女。等等，我腦子怎麼了，妓女叫什麼名字來著，都到嘴邊，他媽的硬是出不來。」

「她叫，恁爸站壁的。」老丙口氣很不好。

「報告長官，判幾年？」羅蟄解圍。

「好問題，」齊老大緩過氣。「這是個值得所有男人警惕的判例，法官大人教訓檢察官，妓女和小三不同，她是現金買賣的性交易，打完炮各穿各的內褲回家睡覺，談不上妨害家庭，頂多賣春，違反《社會秩序維護法》，罰款三萬元。」

「把夜渡資全數吐回去。」小路接口。

「不是吐給李太太，吐給政府。李太太八成愈想愈嘔，想得接連幾天沒睡好，打電話給律師，說她不付律師費。」

「律師確實不盡職。」老丙吞掉最後一塊沾滿辣椒醬的花干。

「變成律師告李太太，民事庭，法官勸他，大律師，得罪有錢又正在氣頭上的女人不是好事，請再想想。律師摸摸鼻子，收回狀紙帶回公司擦屁股。」

「我和你們齊老大深刻體會女人的威力。」

老丙故作嘆氣狀，有如控訴婚姻造成他落髮、眼袋膨脹、血壓指數過高、性功能失常。

齊老大站起身，穿上三線一星大禮服，扣妥每顆釦子。

「我講剛才的案例不是分析《社會秩序維護法》和《刑法》的差別，我講的是李太太這個人，她從頭到尾沒想過老公馬上風死在motel是多大的醜聞，她想的只是：哪個女人敢和我老公上床。瞭了沒？」

「意志堅定的女人。」老丙說。

「老丙說的對，有這種女人。」齊老大付了帳走在前面，「真有這種女人，尤其常年被冷落的女人，她在乎的是誰竟然敢上我男人。」

「自尊心超強的女人。」老丙說。

「自尊心可怕吧，像我，第一次和女人上床，她推我說，不是那裡，別亂戳，齊富，你沒做過愛，處男啊。那年我二十三，勉強打完炮，娶她回家，免得全台灣知道我老得都可以投票居然還是處男。從此不必為自尊、自卑煩心啦。」

這回老丙沒搭腔，羅蟄則早已立正站好替齊老大拉開他屁股剛離開的熱板凳。

◇　◇　◇

林吳瓊芬不是齊老大口中的「真有這種女人」的女人，她面對丈夫、兒子、公公的屍體，只是宛若平截希臘女神雕像的坐在地毯不停地呢喃：

「怎麼會這樣？怎麼會這樣？」

那時齊老大、老丙處理民生社區一件獨居老人死亡案。雖然簡單，仍整了兩個多小時，齊老大大方，請吃晚飯。當他們邊走邊拿牙籤設法清出牙縫間殘存的米粉沒留意口袋中手機的震動時，勤務中心轉叩羅蟄：

「小蟲，齊老大跟你在一起？」

講得像羅蟄和齊老大有姦情似的。

趕緊把燙手的手機遞給齊老大，於是羅蟄得繼續當司機，載兩名長官轉往距離車程五分鐘的民生東路五段。

巷子內，看上去方正的四層樓水泥連棟住宅，其中一戶改了一樓門面，安藤忠雄式的清水混凝土牆包住，右側開放作為出入口，裡面是條插了竹子、鋪圓石子、打燈光的小徑。

用日後齊老大的形容詞：十足假掰的和風。

房子的窗戶以一長列木條格子遮住，左側一扇估計是整塊檜木做的大木門，木材的重量足以分割製成平常人家所有的室內家具。

木門敞開，五輛警車封鎖小巷子，救護車閃著紅色警示燈。

四層樓全是林家的產業，落在戶長林添財名下，他是上市公司合良集團的董事長，六十二歲，穿全套高爾夫的休閒服躺在一樓的厚毛地毯。他仰臉望向垂在天花板掛滿淚珠的水晶燈，呈大字形，面目猙獰，上衣捲到胸口，兩手在醒目的突出肚皮抓出十多道血痕。

一樓可能剛經過裝修，聞得出木料香味。進門是一大塊淺灰地毯，腳踩上去會往下陷，棒球場外野草皮的感覺。真皮沙發圍繞地毯，兩側是玻璃小几，其中一几擺了拔開瓶塞的方形水晶酒瓶，和兩隻胖肚子卻無杯腳的品酒杯。

比較像會客室而非客廳，因為沒有五十五吋電視。

林添財立刻被擔架抬了往救護車上送，醫護人員向老丙搖搖頭。

老丙不甘心的上前摸摸垂出擔架的手：

「硬的，皮膚還沒變黑，死亡兩小時以上，四小時以下。」

羅蟄拿出筆記本記下老丙說的每句話。刑事鑑識中心的警務正只能勘察、採證現場，屍體歸法醫。

地毯區的後面是木製長桌，能坐十個人一起吃飯，不過沒人吃飯，連碗盤也沒。桌子三分之二處聚光燈下擺設一瓶花，日本式花道風味，細長的灰黑瓶子，冒出往左右張牙舞爪的枯枝與一束綠色植物。

挑剔地說，沒有花。

餐桌後面由另一種亮度的玻璃酒櫃做隔間，用目測法計算，至少排列一百瓶各國葡萄酒、香檳、威士忌、白蘭地。沒有高粱酒、啤酒。

酒櫃後則是半開放式的廚房，一式不鏽鋼的廚具，亮閃閃，深色皮膚的女外傭神色不安地坐在廚房內的高腳椅上，她不停扭手掌，扭毛巾似的。

冰箱超級大，對開的雙門，冷藏的那一半，若羅蟄低頭弓腰，站在裡面剛剛好。冷凍那半，即使上面一格放滿冰淇淋，剩餘空間仍可以裝縮頭縮腳的丙法醫。

外傭顯然勤快，所有食物以保鮮盒收得整齊，連冰箱銀灰色外殼也擦得不留指印。

對鑑識人員，他們痛恨什麼都擦得乾淨的現場，不是怕查不出線索，怕的是得多花幾倍力氣找出線索。

第二具屍體在二樓，兩個房間，左邊屋內大電視機前的高背功能電競專用椅上窩著歪斜上半身的林添財十三歲獨子林真，穿勇士隊三十號柯瑞的籃球褲與背心，任天堂的控制器落在死者大腿，螢幕上是隻定格的黃色怪異生物。羅蟄認得，它不是生物，是僅存在於遊戲世界的皮卡丘。

皮卡丘和小木偶皮諾丘是兩種毫無瓜葛的卡通人物。羅蟄小聲向齊老大解釋，後者不耐煩地摸摸鼻頭：

「懂，皮卡丘和皮諾丘，和唐吉訶德與唐三藏都不姓唐一個意思。」

鑑識中心同仁忙拍照、採集證物，扛走林添財的同一副擔架上了二樓，把其他人擠到牆邊。

另一房間空著，桌椅，零亂的女孩衣物散滿床鋪。電視沒關，電腦開著，停留在不知哪裡的風景畫面上。還有一台鋼琴，直立式的，琴鍵蓋打開，樂譜停在熟悉歌名的頁面：〈Fragile〉。

「〈Fragile〉？」老丙好奇的聲音。

「脆弱。挺熟悉的。」齊老大英文好，瞭fragile。

引人注意的是掛床頭的女性內衣，比手帕還小的內褲讓兩名後中年期男人多看幾眼。

沒人評價小內褲。

「小蟲，你年輕，你看呢？」

本來羅蟄的反應直接，穿內衣的女人該纖細、白嫩、小奶？沒敢這麼說。

「報告長官，這個牌子的內衣好像很貴。」

「老丙，怎麼辦，小蟲的人還可以，不過開口閉口報告長官，聽得長耳屎，滑滑你國產手機，把他關無聲。」

羅蟄哪曉得眼前的胸罩值不值錢，倒是猜測不尋常處在於沒有矽膠做的內襯，薄得如紗，幾乎透明。

沒有屍體。

三樓也兩個房間，這兒的屍體守本分得多，躺在床上，但薄被落於地面，枕頭套留有口水的水印。林添財八十八歲的父親林貴福，條紋式睡衣褲，露在褲腳外的兩隻腳長得奇怪，指頭擠在一起，像留下於抽筋中與死神搏鬥的證據。

老丙上前檢視死者，瞳孔放大，四肢僵硬，省掉醫護人員搶救的功夫。

齊老大噘噘嘴。

「他額頭兩側的不是屍斑，是老人斑，老齊，相信專業，看你皮膚，得皮膚癌的潛力可能高於死者。」

老丙指死者後脖子另一處暗紫色的斑塊：

「這才是屍斑，死亡半小時後慢慢浮現，依這麼大一塊的屍斑來看，死亡大約兩小時。」

齊老大難得的沒吭聲。

誰叫人家專業。平常他會這麼說。

旁邊的房間不算房間，沒有門和牆，開放式，擺設祖先的神龕，兩盞常明燈亮著淡淡紅光，另有兩張圓形的單人沙發與圓形的茶几，貼牆安裝旅館裡用的小廚台，電子爐、燒水壺、茶杯茶具、冰箱一應俱全，外加三排關於養生的書籍，例如《五十種食療菜譜》、《吃，不死你》，想必是老人家休息的地方。

羅蟄打開書架下的抽屜，瓶裝的、藥袋裝的、小塑膠盒裝的，粗估至少幾百顆藥丸、維他命丸，連紗布、針筒、生理食鹽水，一應俱全。

擔架又來了。

四樓僅一間房，可想而知是林添財與其妻子林吳瓊芬的房間，浴室兩側各隔出一部分做為兩人的衣帽間。

衣帽間令人大開眼界，原來除了電影裡面，真實人家也有這樣的設計。想不通的是同樣深藍西裝，為什麼要十幾套？

「不用你想通。」齊老大推羅蟄出去，嫌礙事。

齊老大快步上前，他發現可疑物件，這棟五十年歷史的舊公寓加裝了電梯，在大雙人床的一側，原以為是兩片落地穿衣鏡，嵌於柱子中央一上一下兩個按鍵洩露底細。

容納兩個人，負載量一百八十公斤小型電梯。上前幫長官按開關，羅蟄冒失地映在電梯的鏡子內，連續兩晚沒回家的邋遢樣子，和他身後挺大肚皮，不忘用手指梳整有限髮量的刑事局齊老大。

沒有屍體。

鑑識同事推開他們眼中的三名閒雜人等，拿粉撲往電梯內每一寸空間撲粉，想找到可能由凶手留下的指紋。羅蟄對盯著電梯內數字鍵盤的長官說明：

「報告長官，要密碼才能啟動。」

「我他媽的痛恨密碼，電腦開機要密碼，進臉書要密碼，上博客來買本書要密碼，還規定得六個阿拉伯數字配六個英文字母。一百年後，一定有些孤獨老人死在電腦鍵盤上，螢幕上閃著：請輸入密碼。小蟲，找出密碼。」

「是，長官，火速辦理。」

「我受夠了，小蟲，到底你受過什麼打擊，喪失自信？別他媽長官長官，肉麻當有趣。」

羅蟄本來想舉起兩手，以食指與中指鞠躬，但螢幕畫面出現。

由手機進入刑事局網站，羅蟄伸出戴了外科手術手套的指頭往電梯內按鍵盤按下六個阿拉伯數字，電梯內的燈亮了，鑑識同仁對齊老大發出近似抱怨的哀號：

「長官，我們在工作，別亂按好不好。」

「你們工作？我打麻將？」

林添財的出生年月日罷了，每個人避免死在鍵盤上，都用同樣的方式設定密碼，並提醒使用電梯的其他人，不要忘記主人的生日。

四樓的走廊牆壁安裝僅供踏腳的ㄇ形鋼筋，上方是金屬製的蓋子，開著。齊老大的興致又來了，朝小警官使眼色。

明白。

羅蟄抽出腰後的手槍，一手抓鐵梯，奮勇地一步步往上。

如果有凶手，顯然這裡是他進出的好所在。

當然，如果凶手躲在上面，冒出去的腦袋也是他的好目標。

伸出槍管登上頂樓陽台，沒有凶手，只有一個瘦弱的女孩坐在女兒牆抽菸。她瞄灰頭土臉的刑警一眼，隨即轉回對面公園淒涼的路燈。

「你們警察。」

沒空回答，羅蟄得讓開空間，伸手幫齊老大爬上來。

「刑事局，我姓齊，妳是？」齊老大喘氣問。

「抽菸。」

她把一盒菸扔到羅蟄腳前，不是齊老大腳前。

至此，台北市警局和上級指導單位的刑事局起碼了解，若為謀殺案，凶手可以從大門、可以從廚房後門，可以搭電梯，可以從頂樓的防火梯進入室內，可惜的是，最理想的防火梯不得不被排除，因為請刑警抽菸的女孩叫林家珍，林添財的妻子林吳瓊芬與前夫生的女兒，也就是透明胸罩的主人。

說不出理由，她讓人想到十一月底，亞熱帶的台灣仍然維持攝氏三十度以上的高溫，中午的太陽曬得街上行人會失水，可是大家都明白，下場雨就冬天了。

打電話報警的是她，敞開大門的是她，打開陽台蓋子的是她，把三具屍體身分介紹給最先趕到的台北市警局警員的也是她。

她穿破了好幾個洞的短牛仔褲、皺兮兮的白色T恤，臉部三個環：兩個耳朵與左鼻翼。讓齊老大皺眉頭的則是，林家珍剃光頭，不是高雄市長韓國瑜周邊還有一圈象徵殘餘青春頭髮的禿頭，是以推子推到頭皮後，再用剃刀刮過、抹了油打蠟似的光頭。

齊老大問幾句話，林家珍愛理不理。手機響，齊老大講了兩句，羅蟄懂事地先在洞口站好位置，協助長官攀下太平梯，於是陽台只剩下一對男女。

夜晚，對面公園仍有一群人練太極拳還是慢動作街舞，看久能培養睡意。羅蟄忍不住打呵欠，調整呼吸後短暫的享受一下吹得頗有涼意的夜風。

除了兩任女友，羅蟄和女人的接觸不多，工作上最親密的一次是從槍案現場抱衣不蔽體的中彈女毒販出來，她赤裸裸的腿上到處是瘢與瘀青，血滴在黑頭警鞋。

林家珍不需要警員抱。

雖然不太願意開口，經過努力，勉強得知林宅命案的第一個線索：林家珍返家發現屍體即通知警察，當派出所與救護車抵達，她領管區警員一路到四樓，按順序指著客廳地毯：

「我媽的死老公。」

上樓。

「死老頭的兒子。」

上樓。

「死老頭的老爸。」

再上樓：

「我媽和她死老公的房間。」

不浪費言語，即自己登上頂樓陽台抽菸。太平梯的蓋子是她打開的，平常鎖住，她打開之前是上栓的。

「林小姐，請問妳今天的行程？」

她下午五點出去和朋友見面，吃完晚飯，八點多回到家，發現屍體。

第二個線索：她返家時大門鎖著，得用鑰匙開三道鎖才進屋，換句話說，若是謀殺案，凶手並非從大門進入屋內，或至少凶手不是從大門離去，除非他有鑰匙並記得離去時從外面鎖上每一道鎖。

殺人的如果是小偷、盜匪，很少那麼費事——或很少那麼在意臨去時是否完成防盜的手續。

窗戶安裝不同的防盜設備，一樓是日本格子木條與阻止任何鑽進木條後想再鑽進屋子的隔音窗。二樓前後四扇窗，裝了突出去的角窗，都從內鎖住。三樓單純的厚重隔音窗也因室內開冷氣而關得密不通風。四樓打開一扇窗，沒聽說台灣有高來高去的蜘蛛人。

警報器沒響過，因為屋內一直有人，始終關閉。

「林小姐返家後沒見到任何不相干的人？是，林小姐，您說得很詳細，對警方辦案當然有幫助。」

羅蟄的小記事本密密麻麻寫下房子的出路通道，畫出簡圖。當打算再向證人詢問家人與死者間的感情時，她噴了好大一口煙。

「太累，拒絕其他問題。」

她話不多，羅蟄問五句她答一句，有點敷衍。誰都能體諒她的心情，三個親人一下子全死了，不過真正和她有血緣的至親——她的母親林吳瓊芬呢？

九點二十七分，林吳瓊芬的車子剛到，齊老大擂響羅蟄的手機，得下樓做正式的筆錄。

請林家珍先下去，她輕快地撐住太平梯口兩邊，腳踩了兩階鐵條即往下跳，羅蟄全身裝備，腰間的手槍、彈匣、通話器、手銬、伸縮式警棍，胸前的監視器鏡頭，必須小心地先把左腳往下伸，踩到鐵條，才能伸右腳，好不容易站到鐵條上，還得維持平衡的空出一隻手拉鐵蓋，鎖上。等踩到四樓的地板，林家珍已經回到她房內關上門。

之後的五十四個小時她沒開過門，不論警方用手機、大聲公、敲門，她全不回應。五十四個小時，她真能憋尿。齊老大說的。

然後見到林添財的未亡人林吳瓊芬，地毯一角，臀部坐在向後曲伸的小腿上，日本人坐榻榻米的標準姿勢。戴鑽石戒指的手撐住沙發邊緣，她語氣內感慨多過驚訝地說：

「怎麼會這樣？怎麼會這樣？」

將近午夜，醫院對三具屍體做初步的檢查，傳到老丙的手機。林貴福老先生與林添財均死於心臟衰竭，心臟無力將血液傳送至各重要器官，便因衰竭而停止跳動。

林貴福有糖尿病和心臟病，三餐飯前和睡前注射皮下胰島素，外籍女傭莉塔按照醫師吩咐專為他做低醣飯菜，每天下午後陪他散步一小時。根據主治醫師說法，過去二十一年均在藥物控制之中，沒出過狀況。

這回出狀況了。

林添財遺傳性糖尿病，長期服藥，尚未到打胰島素的地步，年初做的健康檢查，心臟也還好。照樣衰竭。

對於心臟衰竭，可以找出幾十種說法，像先天性潛藏心臟病、像氣候變化太大，不過無法說明父子兩人同一天心臟不約而同的衰竭。再說十三歲的林真不可能心臟衰竭，醫院說是呼吸衰竭，體內血液含氧量不足，二氧化碳含量又太高，喘不過氣造成心肌梗塞。

三具屍體沒找到致命的傷口，現場沒有血漬。

總之，都死於心臟。

看著空洞的房間，看著癱在地毯直念「怎麼會這樣」的林吳瓊芬，二樓流出輕得不仔細聽不到的鋼琴聲，〈Fragile〉。

想起來。

「長官，是Sting的歌。」羅蟄稍稍顯露興奮的對齊老大說。

「我就說嘛，聽來怪耳熟的。」

長官維護自尊的基本口氣，脆弱的強大。

林吳瓊芬全身名牌，看來完全沒料到家裡出了如此重大的事故，外傭扶起她，強打精神接受訊問，答得有氣無力。看不出她和林家珍是母女，一個是媒體常見的跑趴貴婦，另一個卻應該兩眼迷茫縮在昏暗酒吧廁所邊，抽波斯的水菸。

「林女士，請問晚上妳在哪裡？」

她交併成筷子的兩腿顫抖地問：

「莉塔呢？莉塔，林真呢？」

莉塔無法回答，她抽泣得令人擔心噎到。

「今天晚上，莉塔說妳五點多出門——」

「莉塔，說，他們把林真怎麼了？」

羅蟄問不下去，無法避免悲劇，至少延遲悲劇的登場。

「救護車送他去醫院。」

她站起身：

「哪家醫院，莉塔，叫車，我們馬上去。」

羅蟄對莉塔使個眼色，要她坐著別動。

「林真在醫院急救，等一下我們送妳去。回到我的問題，晚上妳在哪裡？」

「家珍呢？」

「林家珍很好，在她屋裡。」

「我去叫她。」

齊老大攔住林吳瓊芬：

「林太太，這裡是命案現場，警員蒐證之中，妳不能離開客廳。」

「這不是我家嗎？我兒子和女兒呢？」

羅蟄也上前擋住，她一巴掌打在已冒出鬍渣的臉頰。

「誰讓你們進我家的？我先生死了，還有我在。」

幸好她的律師與醫師都抵達，司機李家興也回答其他警員的偵訊，晚上林吳瓊芬在林口和朋友吃飯。否則看齊老大的表情，很可能當場將她以襲警罪收押。

不，齊老大想法辦的人看情形是羅蟄。

「哎，小蟲，上過偵訊課沒？作弊通過考試的？刑警哪能這麼詢問當事人，要有股氣勢。」他拉出長臉：「像我。不能軟趴趴。你是刑警，警徽代表你是比流氓更流氓，比祖宗更祖宗的混球，非把涉案嫌犯，不管證據足不足夠，一律搞到生不如死為止。」

「報告長官，林太太是被害人的妻子，不算嫌犯。」

齊老大的鼻孔對準羅蟄的臉孔，對了好一會兒，

「這裡除了你我，其他都是嫌犯，懂嗎？」

「是，那丙法醫呢？」

齊老大打雷般的吼叫：

「沒聽說過法醫收紅包嗎？他更可能是！」

◇ ◇ ◇

最初她癱在地毯，不久前她站在地毯，此刻她盯著地毯，那兒只留下鑑識中心用紅線圍出的林添財生前最後姿勢。

沒有淌血的死亡，對處理後事的人而言，省去許多麻煩，也保存看來價值十幾萬的地毯，卻沒料

到林吳瓊芬以高跟鞋尖窄的鞋頭勾起地毯一角喊：

「把它丟了，燒了。」

她狠，連警方的證物也要燒。

她拿起几上的酒瓶，幸好齊老大接住，否則水晶瓶砸到牆壁，破壞的現場面積將很可觀。

高跟鞋快速的在警員攔阻的範圍外移動，律師站在李梅樹的畫前，醫生抱緊日本有田燒的陶罐，林吳瓊芬是屋內的熱帶氣旋，快速的以逆時鐘方向轉動，隨時打算毀滅凶手留下的尚未毀滅的林家。

離開前，齊老大要律師轉告林吳女士暫時住到別的地方，這裡已是凶宅，警方得花好些日子在此採證。

莉塔提著小包包跟在醫生扶持的太太身後出去，登上司機李家興駕駛的賓利大汽車。她沒喚女兒一起去。

羅蟄本來想追上提醒林吳女士，林家珍在房間內，未死亡，活跳跳，不宜一人住在死了三名親人的大房子。

來不及，林家珍鎖在房間內，她像不需要母愛的孩子。

唯一沒辦法處理的是二樓緊閉的脆弱房門，齊老大指派刑警在門上拉了黃色的現場封鎖帶，要是裡面的林家珍決定出來上廁所、到廚房找食物，將觸犯破壞命案現場的刑事罪。

門口警戒由管區派出所的警員負責，四層樓僅一間房亮燈，二樓一扇窗飄出蕾絲般的窗簾，她重覆彈同一首歌。

十一月的女孩，她期待寒冷的十二月？還是懷念夏末的十月？

車上，羅蟄將傳輸線接到手機，繼續未聽完的〈Fragile〉。

之後的兩天沒換過其他的歌，一度擔心會不會因為連續聽太久，把這首歌燒了，如網路的毒，從台灣刑事警察局發的HTC手機一路燒往地球所有的手機，然後Sting某天發現，他的一首歌不見了？

現場沒有凶器，空氣流通，三人為何死亡，而且是貌似自然死亡的心肌梗塞。什麼原因使林家三人同一時間不自然地自然死亡？

若是謀殺，凶手為何？用什麼方法，不落痕跡的殺死他們？

林吳瓊芬與林家珍恰巧都不在家，現在唯一活下來的是莉塔，若為謀殺，凶手又為何不殺她滅口，以免她成為目擊證人。

林家未存放值錢物品或現金，若凶手為錢，並未取走李梅樹、李錫奇、吳炫三等名畫家的畫作。未取走四樓床頭裝在手錶盒內以電池旋轉維持行走的五隻機械名錶，其中以百達翡麗為例，估計價值百萬台幣。

行凶者不為財。

刑事局最先詢問醫生，處理三具屍體的長庚急診中心兩名醫生均表示，林家三人送去時已死亡，不久法醫中心的車載走屍體。他們作證：無致命外傷、並非食物中毒。

齊老大為召集人，組成專案小組，刑事局各單位與台北市警員派人加入，追查重點，局長問過相關人等後下指示：謀殺。

會議室大白板由齊老大拿黑筆寫：林添財一家三口命案調查小組。

搜證範圍很大，大到不知從何著手。兩天的調查，林添財留下的現金、房地產、個人名下的證券約二十億台幣，尚不包括合良集團的持股。他們一家三代的保險金數額也驚人，各五千萬元，合計一億五千萬。

向保險公司查詢，凡被害人非出於自願，遭外力致死，當然理賠，保險公司可以向加害人的凶手提出賠償。羅蟄想這是保險公司人員在電話裡對他態度客氣，甚至提議到分局拜訪的原因，他們怕警察不想抓凶手？

遺產金額龐大。

至於理賠的對象，林添財的受益人是妻子林吳瓊芬，林真的受益人是母親林吳瓊芬，阿公林貴福的受益人是林添財，既然林貴福、林添財均死亡，受益人轉成林真；既然連林真也死了，受益人變成唯一的，林吳瓊芬。

林吳瓊芬馬上可依法繼承民生東路的四層樓豪宅、台灣各地其他五戶豪宅，獲得一億五千萬人壽保險金的理賠，與林添財於合良集團約二十億元的股權，她亦即將成為這家上市公司的董事長。

因此第三天羅蟄捧厚厚卷宗向「林宅命案小組」召集人報到。

敲門沒回應，用力推開齊富的辦公室堅強的門，裡面沒屍體，齊老大忙著吃早飯，沒空抬頭。齊家的早飯在警界有名，齊太太燉的瘦肉粥、兩枚水煮蛋、自家打的豆漿、一粒大饅頭與三樣醬菜、一撮肉鬆。他上班提三層式的圓形便當盒，一般用在去醫院給病人送飯送湯，推算所裝的飯菜容量，夠三十歲、年輕力壯的警員吃兩頓半。對齊老大，僅是早飯，他的說法是：

我不吃中飯。

進去的時候，他用開始缺髮的頭殼中央對羅蟄，埋頭吃粥，水煮蛋僅剩蛋殼，饅頭還剩三分之一。十點十分，他七點半進辦公室，早飯吃得真是漫長呀。

「吃過早飯沒？」

「多謝長官關心，還沒吃。」

「我關你屁個心！不吃早飯對身體不好，基本常識。要不要分我的粥？」

「謝謝長官，不用。」

「要分也不夠，只剩一口。什麼事？」

「查出林家三口人各保了五千萬的人壽與意外險，受益人都是林吳瓊芬。」

聽得出羅蟄口氣帶著些許興奮。

「很好，他家二十億財產對吧，有錢人，保五千萬的狗屁險不值得大驚小怪，你想指他老婆為保險金、為遺產殺人？」

「報告，林吳瓊芬一下子至少獲得二十一億五千萬。」

「林添財的爸死了，兒子死了，他也死了。林吳瓊芬可能殺她老公和公公賺點遺產買香奈兒？你覺得她殺得順手，連親生兒子也殺？你他媽刑事局給你的薪水不夠好？小蟲，看你一臉聰明像，怎麼點不透，幾歲的人，還不開竅？證據，遺產供參考，不是證據。」

怎麼開竅？沒空思考，老丙帶著驗屍結果來了。一位剛滿足地吃完粥，一位口中冒出麥當勞的番茄醬味，他們剔牙、泡茶，不耐煩的聽小警官捨去所有冠詞的報告。

「結論，小蟲，說說你的結論。」

羅蟄明知會遭到嘲笑，仍然提出主張：一，這是謀殺案；二，最可疑的凶手是林吳瓊芬；三，由現場無血、無爭鬥的痕跡推測，凶器是毒藥。

老丙捧著茶杯，看映在茶水裡他微笑的門牙。

「刑事局果然藏龍臥虎，年輕小警官素質不錯，一，這是謀殺案，絕不是盜竊案，嗯，定義明確。二，林吳瓊芬因三名死者而獲得重利，為當然凶嫌，掌握刑案重點。再說林家上上下下扣除林家珍，只剩下林吳瓊芬和那位叫莉塔的外傭，逃過死劫的僅僅三人，猜中凶手是誰的機率三分之一，三成三三，小蟲先生到大聯盟去，不得了的打擊率。三，毒藥，太讚了，我按一百個讚，不用法醫驗屍就知道是毒藥，請法務部廢了法醫算了。」

「密室謀殺的最佳武器是毒藥。」羅蟄謹慎地回答。

「齊老大，英國神探叫福爾摩斯還是福爾摩沙？」

「你也少廢話，」齊老大踹老丙的椅子一腳，「快說。」

老丙坐的是有輪子的辦公椅，飛到門口撞了車，他兩腳當槳再划回來。

「聽過鉤吻沒？不是櫻花鉤吻鮭，鉤吻是一種花。」

「沒空聽問答題，直說。」

「你們留意到林貴福老先生的腳沒？三名死者，他的腳最明顯，抽筋似的僵直扭曲，尤其食指壓在中指與無名指上，三根腳趾頭擠成一團，我一見，就懷疑是中毒。」

他瞄羅蟄一眼。

「大部分中毒的人會出現抽搐和痙攣現象。林貴福腳指和手指嚴重痙攣，林真手指根本纏在電玩遙控桿上。」

「中了鉤吻的毒？四川唐門的，少林寺和尚的？」

「鉤吻是種藤本植物，生長在東南亞，台灣也有，春天夏天開黃色的花，有點喇叭花的長相，從花到莖到葉到根，全株劇毒。中藥適量地使用，可以治癬，皮膚的癬。若稍稍吃過量，短時間內死亡。」

「驗出死人肚皮裡有朵黃花？」

「碎末，腸子裡，得用顯微鏡才看得到的極小顆粒。」

「林家三人吃了黃色的鉤吻花，多久會要命？」

「看人的抵抗力，一、兩個小時，十幾分鐘。」

「這麼毒的花，以前怎麼沒聽過？」

「哎，老齊，常叫你多讀書少打麻將，不聽。神農嚐百草，拉肚子、嘔吐，沒事，直到嚐了鉤吻中毒身亡，夠毒吧。俗稱斷腸草。」

「早說嘛，」齊老大重重拍桌子。「死者怎麼吃的？」

齊老大看羅蟄，不是要小警官回答，當他思考時，習慣看下屬，看得個個嚇得汗毛直豎。

「報告長官，很難查。」羅蟄打斷他的思考。

「什麼事情先說難，小蟲，快三十了吧，還不肯長大？」

「我的意思是那天晚上林家吃完晚飯後，印尼幫傭馬上洗碗洗盤子，把所有餐具洗得乾淨，八點垃圾車來，廚餘帶剩下來的菜葉、果皮，都丟進台北市環保局的大桶子內，沒留下可供化驗的東西。」

「會不會林家買菜的人買錯菜，原來要買香菜，買成斷腸草？」

「不可能。」羅蟄犯下另一個錯誤地搶著說：「報告長官，菜場沒賣斷腸草，我相信和他們吃的飯菜也沒關係，因為印尼幫傭莉塔也吃了，她一點事也沒。」

「別急著下結論，林家六口人，林吳瓊芬去林口朋友家吃晚飯，九點多回來，她不在場。林家珍去找朋友，八點三十七分回家見到屍體，也有不在場證明。剩下莉塔。」

老丙喝他隨身保溫罐的茶，其他人沒茶沒水，得耐住性子等齊老大想透案情，下指示。

齊老大站起身拍肚皮，敲戰鼓似的：

「老丙查查台灣有沒有人養斷腸草，還是哪個閒著沒事幹的研究單位研究斷腸草。小蟲，你去台北市警局一趟，查林吳瓊芬和林家珍母女，她們是倖存者，凡倖存者一定脫不了嫌疑。哪天不好出去見朋友，偏選同一天兩人一起去應酬。還有林添財的遺產怎麼處置，設法請經濟組同事了解，錢多的地方，免不了透點血腥味，查去。」

他叫住羅蟄：

「不要只查林家的人，查林添財有沒有仇人、生意上的競爭者、幾百年前的情敵、祖宗十八代的宿仇。懂沒？」

懂。

算算手上的工作，林家三名女性嫌疑犯，和十多名可能也是嫌疑犯的遺產繼承人，羅蟄晚上得熬夜了。

找小蘇和厭頭仔幫忙查，半天即回報，林添財事業的繼承人共計十五人，包括他兩個弟弟、七名侄兒、侄女、林添財妹妹、兩名外甥、林添財與前妻生的兒子、現任妻子林吳瓊芬。意外地，沒有林家珍。

林家珍是林吳瓊芬仍是吳瓊芬時，與林敏捷生的，所以林家珍的林，和林添財的林，沒有關係。厭頭仔做事細心，林家珍與林添財五代之內沒有親戚關係。林添財的祖先來自福建泉州，林家珍的父親林敏捷祖先不詳，不過他父親三十八年從大陸來到台灣，籍貫上註明是河南鄭州。

偌大的林家，與林添財住一起，名義上的繼女，反而分不到遺產，林家珍很虧。得找她再聊聊，分不到遺產的人不可能是凶手，但會吐露家族內不為人知的祕密。

他們有最多的怨恨。

看凶宅四樓浴室照片，大理石洗臉台左邊是十多瓶呀罐的女性化妝品，右手邊是男人的刮鬍刀、古龍水，有四個藥罐。鑑識中心已將藥罐送去化驗，明天可以問到消息。

二樓浴室較小，物品擺設零亂，全是女生用品。林家珍專用的，她弟林真呢？三樓林貴福的浴室內多了籃球背心、船形襪，看來林真被趕到三樓與阿公共用浴室。

看不到藥瓶，不過透明玻璃罐子裝了乾燥的葉片，明天問化驗結果。

三樓浴室內的藥罐子多了，一旁的休息室內更多，看了頭炸，如果全送化驗，刑事局今年的預算大概爆表。

鉤吻，又稱斷腸草。

2

一天的時間，繼承人增加至十七人，高雄與洛杉磯分別有一名男子宣稱是林添財的私生子，他們要求驗ＤＮＡ。

刑警最怕處理豪門命案，事不關己的觀眾、讀者等著看熱鬧，記者成天跟在警察屁股後面，上級下令限期破案，三天兩頭來電話詢問進度，偏偏豪門家族人數眾多，一一過濾得花較長的時間。家族每一成員後面的律師更多，一個德性，律師不習慣與警方配合，習慣給警察屎面。

羅蟄按下林家門鈴，林家珍在家嗎？

守衛現場警員朝羅蟄眨眼，原來是林吳瓊芬開的門。

經過休息，和兩天前地毯上的不同，電腦內的記載，她剛滿四十五歲。怎麼看都不像四十五，可能微整形的關係，美麗的臉孔展現某種數位迷彩的神祕感，藏著許多人的影子，不確定是哪些人的影子。

模糊，使她的外表年紀可以從二十五延續推測到四十歲，但相信見過她的人同意林吳女士的身材、風韻足以令人產生相當程度的性幻想。

開門時她打呵欠的慵懶神情，羅蟄不明所以的想到溫暖的床。

她穿拖到地板的亮黑色寬大無領袍子，中間繫條金色帶子，窈窕又豐滿的身體藏在袍子內，能感覺到熱度，抓不住熱度。

「警官，她在屋裡，你自己去找。我回來收拾點東西。累了，我累得不想再說一句話。」

知道路，知道房間，當他上樓時，熱度累得縮在皮革沙發內，袍子開叉處露出一條足以裝補了參加明朝瓷器拍賣會的腿。

瓷器在穿透格子窗的日光裡，對茶几上的空酒杯發呆。

她發呆，她沒有悲傷。

才敲一下，林家珍便開門，和她母親是香奈兒與五分埔的對比，床頭的小內褲與透明胸罩終於穿上身，不過只讓人看到背影。

一開門，她即扯斷現場封鎖帶，跳著去隔壁的廁所。

沒聽說過誰的膀胱比誰好。齊老大說的。

禮貌的站在門口等待，不是廁所，是她房間的門口。

等待易使人蒼老。

她大概前後一起解決，再淋過澡，帶股陌生的香味飄過細窄的走廊。

她沒關門。

羅蟄情不自禁進屋替她打開床頭的窗戶，老天，即使沒有頭髮的瘦小女生，關兩天，室內的人體氣味非常萬寶路。

「找我有事。」她套上一件皺T恤。

「打擾了，上級交代一些事，必須詢問林小姐。」

林家珍翻床上的被子、枕頭、衣物，沒理會羅蟄。

「請教，能說說妳為什麼未被——林添財，你母親的先生——領養？」

「不想。」

「常在家吃飯嗎？」

「很少。你常在家吃飯。」

她說話的方式特別，用肯定句的方式說問句。

「身上有菸。」

說著她已經出去，刑警只好跟隨，四層樓，加起來一百五、六坪的大房子，只剩她們母女和外傭，房子變得更大，走路費氣力。

攀上陽台，小內褲隨她的動作偶而不經意的露在T恤外，兩條細腿聯結至微翹的屁股，羅蟄直覺想到饅頭，不是機器做，置入保溫玻璃籠內，整天沒賣出去幾乎爛掉的，是手工一層層揉，蒸了之後，堅實膨起的老麵饅頭。

移開視線，羅蟄不習慣看陌生女孩的屁股。

她以重回子宮內的姿勢蹲坐於女兒牆上的一角，不擔心她跳下去，擔心風吹她下去。

「菸。」

羅蟄早有準備，體貼地拆封後遞去。

「新買的。薄荷菸。你不抽菸，你以為女人都抽薄荷菸。」

「很少抽。」

「替我買的。」

「巷口的全家，我問櫃台小姐哪種菸適合女孩抽，淡點、不嗆的、聽說有水果味的，她不抽菸，不能回答，我只好一格格的挑——」

「林家的事和我沒有關係，死也好，活也好。」

「是喔，死了三人，算重大命案——」

「死三個廢物。」

羅蟄略為停頓。

「親生父親林敏捷和妳常聯絡嗎？」

「要錢用的時候。」

「妳媽和林添財沒給妳零用錢？林添財董事長很有錢，上市公司的董事長——」

「別把我算進林家的人。」

「好。請問除了林家四口人和外傭，和妳，平常還有誰常來林家？」

「很少在家。」

「功課一定很多。對不起，請問妳果真還在念書？」

「念書，念意思。」

羅蟄又停頓很久，林家珍點上另一根菸。

「念意思的意思是不是不很喜歡念書，可是依然還在學校的意思？」

「自作聰明。」

「再請問，有男友嗎？」

齊老大指派的任務恐怕不容易完成。

「三個。」

「喔。」

「一個死了，一個快死了，一個還沒生。」

那時，羅蟄想到同事小蘇，他保持刑事局的失戀記錄，無論誰問他有女朋友嗎？一貫制式回答：應該快有，等她爸和她媽上床。本來想說小蘇的事緩和氣氛，可是他卻情不自禁地開口：

「能談談快死的那個嗎？」

「不想。」

「那談妳和林添財的關係呢？」

「掰掰。」

「林添財娶妳媽，很自然的該領養妳，出了什麼差錯？」

「怕煩。」

「林添財煩？」

「你煩。」

很難討好的女生，羅蟄想到齊老大教的，如果嫌犯或證人不願透露太多，設法換場合，改變對方的心情。

「不好意思，想吃早飯嗎？我請妳，民生東路上的那家涼麵。」

「B。」

「什麼意思？」

「涼麵是A，應該有B。」

「B？呃，另一個選擇？」

看看錶，剛過九點。

「趕得上阜杭豆漿。」

「排隊太久。C。」

羅蟄覺得他被林家珍逼得窘迫，逼得不知從何繼續說下去。

「沒有C，阜杭吧，不用排隊，我是警察。」

「利用權位的惡勢力。」

小刑警稱不上惡勢力，何況阜杭不是刑事局鑑識中心的管區。

等她穿衣服的兩分鐘內，羅蟄忙亂的傳簡訊給中正一分局小麥，他有沒有惡勢力沒人知道，不過大家知道他有管區的面子。

◇　◇　◇

下樓時林吳瓊芬已換好衣服，她皮膚白，而且清楚白的優勢，穿黑色無肩緊身一件式膝上五公分洋裝。某個作家曾寫：

當白晰的女體躺在黑色絲質床單中央，兩手捏皺床單，上帝便休假了。

「你開車來？」她搖晃酒杯內的冰塊。

一下子回到問句的世界，差點反應不過來，幸好母親的問句和女兒的肯定句傳達出的意思相同，羅蟄懂，無論有車、沒車，都得送她去一個她要去的地方。

「你們警察把我司機叫去做筆錄，看樣子以後我得自己開車。」

「林吳夫人，酒後不開車。」

「那什麼時候開？」

看來她已從命案的驚嚇中恢復正常，羅蟄下意識地看看手機，上午九點零七分而已，威士忌當早餐，養分不夠。

她和林家珍對經常更換開車人的警車沒有好奇，沒有不滿，羅蟄本想搶先收拾，破牛仔短褲的林家珍卻已縮進後座。看來她不在意不知哪個警員留下的慢跑鞋、不知誰忘記清掉的麥當勞大薯紙盒。她不在意瀰漫車內的檳榔汁味道。

「西華。」

是，西華，從她家走都走得到。不，穿那麼高的高跟鞋不能走。眼角餘光不小心瞄到她領口的溝溝，和羅蟄見過的其他女人不一樣，擠在溝溝兩旁的……痲糬，有說不出的彈性，比二十歲女生的光滑，比三十歲女人的圓潤。僅憑那一眼的餘光，羅蟄相信那名作家永遠寫不出女人豐腴的性感。作家的想像力頂多侷限於黑色床單。

齊老大會說：嗯，肥嫩多汁。

美中不足的，胎記怎麼長在右乳房。

一路上她和林家珍專心的看右側車窗外的景色，下過雨的台北，路樹葉片綠得能讓人想拿水桶去接滴下來的水珠。

母女間無對話。

路程很短，羅蟄利用機會向林吳瓊芬提出幾個問題。

「請問林女士，貴府由誰買菜、做飯？」

「不是我。」

「常吃中藥或喝茶嗎?」

「我不吃。」

「其他人有你們家鑰匙嗎?」

「其他人要我家鑰匙幹麼?」

九點十七分,挫折來得未免太早。

然後車子停在西華門口,穿整齊舞台裝的服務生不太願意開警車的車門,警察平常都在他來開門之前,已經一手摸槍柄的下車了。

自動門內穿西裝別英文名牌的認出車內是合良集團頭家娘,一個箭步衝上前開門。

終於說話了,母親對後座的女兒說:

「不知怎麼說妳。」

女兒回答:

「別說。」

「哎。」

「少來這套。」

「陪我吃早餐。」

「沒空。」

母親扶著車門，羅蟄擔心她即將氣喘病發作。

「妳呀妳。」

女兒看也不看她媽：

「我啊我。」

「晚點好了。」

「再說。」

駛離西華，後座的女人應該坐到前座才有禮貌，後座的女人連坐姿也懶得改變。

「你喜歡成熟的女人。」

「我？妳說我？」

「你偷瞄我媽的奶子。」

「有嗎？」

「有。」

「成熟的女人？我不認識成熟的女人，除了我媽和兩位阿姨，以前——」

「大部分男人喜歡成熟的女人。」

「為什麼？」

「不會吵，不會鬧。」

原來男人和女人認知的成熟女人，不處於同一個星球。

◇◇◇

擠在長桌有限的空間內吃早飯，她只要鹹豆漿，羅蟄猛地聯想到齊老大的早飯，忍不住點了鹹豆漿配厚餅夾油條、蛋餅、甜飯糰。

「你還沒發育完全？羅警官，請我吃飯可以報公帳嗎？」

剛吃掉二分之一的厚餅夾油條，林家珍說「我沒吃過這家的蛋餅」。當她嚐了蛋餅後，再說「我沒吃過這家的甜飯糰」。

「林小姐，兩天沒吃東西？我一頓飯都不能少，遺傳性低血壓，頭會昏——」

「三天沒吃。我很少吃東西，常常提醒自己記得要多少吃一點。」

羅蟄稍微猶豫，還是再點了另一個飯糰，不是給自己的，拿給林家珍。他靜下心，禮貌地再開口：

「一般人不會在家裡見到屍體，我阿嬤死在醫院。妳回家見到林添財躺在客廳地毯，一定受到驚嚇？」

「我上去踢他一腳。」

「妳看出來他死了，想確定？他動了沒？」

「見到他，我不由自主上去踢一腳。」

酷，齊老大一定喜歡這種證人。

「妳一踢，確定他死了？」

「不屑。」

「所以沒發現他死了？到二樓見到妳弟——林真呢？」

「他很少跟我講話，我很少扁他。」

「然後妳到頂樓抽菸，經過林貴福房間，發現他死了？」

「從來沒說過半句話，他不存在。」

「總會一起吃飯呀？」

「不和他們吃飯。」

「你們一家人，晚飯也不吃？」

「煩不煩，我。在。吃。飯。」

「我們這樣說好了，總之妳不和他們同桌吃飯？」

「吃飯時間我不回家。」

「怎麼知道他們死了？妳最多就是踢了躺在地毯上的林添財一腳。」

「聞到。」

「聞到？」

「死亡有股味道，我以前養過貓，牠死掉，屋子裡留下那股味道十幾天。」

「妳聞到死亡的味道？死亡是什麼味道，發臭還是發酸？我沒聞過。對不起，妳聞到味道，所以打電話報警？」

「我把你的蛋餅吃完了。」

「沒關係，請用。頂樓的蓋子是妳開的？之前鎖著？」

「鎖的。我把你的燒餅吃完了。」

「沒關係，等下請妳喝咖啡。」

「我把你的飯糰吃完了。」

「不急著喝咖啡，等下請妳吃牛肉麵。」

「接受。」

◇◇◇

她吃完牛肉麵，喝光湯。不是齊老大狼吞虎嚥地吃，細巧的，夾起一根麵條，小口小口地吸，難以想像這樣也能吃完大碗的麵。使人產生錯覺：若是桌上擺的是一整頭烤好的牛，她也能一小口一小口的，三個月後啃得剩下四隻牛蹄，留下燉湯煮拉麵。

「接著妳開門讓警察進屋，妳告訴他們死的人是誰，就攀上頂樓抽菸？因為難過？為什麼不叩妳媽媽？」

「抽菸是因為想抽，我從不找我媽，她找我。」

「聽起來妳們母女感情不太好？」

「沒和別的母女比較過。」

揮手叫服務生，這時需要咖啡。

羅蟄有些灰心，齊老大交辦的事，他不能再搞砸。齊老大會罵：「你他媽的小蟲，到底哪一天才長得大！」

她前後上四次洗手間，難道憋尿憋太久導致暫時性的膀胱鬆弛？

「妳回家時莉塔在不在？」

「她在廚房後面的房間睡覺。」

「沒出去過？」

「林添財有病，房子裡到處裝監視器，你可以去保全公司看畫面。」

「每個房間？糟糕，我們鑑識組——」

「剩下客廳的、門口的。其他的，我砸掉。」

羅蟄聽懂，等於沒有監視器。

「他沒罵妳？」

「我們不說話。」

「妳二十二歲，幾歲到林添財家？」

「九歲。」

「十三年，你們十三年沒培養出感情？」

「我十歲的時候他強暴我。」

她可以繼續點吃的，像蛋糕、麵包，或是她可以點兩大瓶威士忌，再慢慢從盤古開天說到她被林添財強暴的事。

意思是，她不能跳傘似地跳到已進入聊天心情的刑警面前的桌上說她曾被林添財強暴。不是每個刑警心臟都強壯。

警官大學教的，寫結案報告講究鋪陳和前言，有其道理。

3

在台北開車是修行的好機會，耐心的等紅燈三十秒，以為燈號要換了，結果出現「99」的倒數數字。平心靜氣地等待，當數字落到「10」時，所有駕駛期待眼前的路口有枚冒出白煙準備升空的火箭。

小刑警奉丙法醫指示，回刑事局途中順路去找他，順路幫他帶咖啡和紅豆麵包，順路去八德路的耶里西點買紅豆麵包。

他滿意地一口咬掉三分之一個麵包，他是心胸寬大的醫生，對菸、酒、糖不帶絲毫敵意。

「屍體檢驗完畢，你們單位是林宅命案的主管單位，先跟你說。」

「好。」

「腹部除只傷到皮膚的抓痕外，沒有外傷，林添財中毒後失去知覺摔在地毯上，你見過他家的地毯有多厚。」

「比撐竿跳的防護墊子厚。」

「對，這樣就對了。小蟲，你不是木頭嘛，齊老大不在，你有呼吸和心跳了。」

「我也不想二十四小時把長官掛在嘴上，很累。」

「想開啦？對長官以尊敬的態度，保持兄弟般的互動關係。」

「兄弟關係？」

他翻翻白眼。

「不過他爸爸，林貴福，剩下半個胃，心臟裝三個支架，左膝蓋換人工關節，八十八歲的人，難免動過手術，讓我吃驚的是他的腸子長滿腫瘤，纏在樹藤的葡萄，撐那麼久，不容易。」

「真的？他不知道？」

「拿到醫院的病歷，林貴福對兒子說過沒，不知道，不肯就醫就是了。他的主治醫師說老先生寧可食療。這年頭不少人放棄化療，何況八十八歲、糖尿病，開刀的風險太高。」

「不管凶手是誰，幫了林貴福忙？」

「欸欸欸，才剛誇你。做警察的人，學會積口德。」

閉上嘴，羅蟄常話出口後即懊惱，他不適合和人溝通，總是出錯。

「林真中毒後在椅子內失去知覺，他的電腦椅有頭枕、有靠肘，把人包得緊緊，沒摔下椅子。至於他們家的老爺爺根本睡在床上，兩具屍體幾乎一點外傷也沒，磨破皮、青春痘都沒。」

羅蟄鼓足勇氣接下話：

「史上最完美的連續殺人事件。」

「不能稱連續，他們死亡時間差別頂多十幾分鐘，幾乎同時中毒。」

「是，史上最完美的集體殺人事件。」

「小蟲，我一個同學念心理系，幫你介紹去和他聊聊怎麼樣？人格保證不讓齊老大知道。」

羅蟄低頭右手揑左手。

「你考慮考慮。」

他抬起頭看丙法醫：

「報告長官，是不是毒藥？我猜對了嗎？」

「哎，所有事情都可以用猜的，政府省掉多少開支。」

「是毒藥吧。」

「古書上寫，宋朝，妻子謀殺老公，把釘子從肛門打進腸子，表面看不出來傷痕，死得比有傷痕更痛苦。」

「林添財肚子內有釘子？」

「宋朝，宋朝。」

「丙法醫查到證據？」

「三名死者的腸子內的粉末，再三檢驗，確定是鉤吻嫩葉磨成的，劇毒致死無誤。」

「你對齊老大說的斷腸草？」

「劇毒的植物。」

「果然被毒死。」

「用猜的可以呈庭當證據？」

「是，丙法醫說了算。」

「死亡時間在晚上八點前後，林真電玩螢幕顯示八點十一分。」

「電玩螢幕？」

「鑑識科說當機，留在當機的時間。」

「哇，丙法醫比齊老大還厲害。」

「廢話。」他舉起手中剩下最後半口的紅豆麵包。「回去提醒你們鑑識中心那幫小朋友，茶葉，茶葉製品，鉤吻的葉片，尤其嫩葉磨碎，摻在茶裡，很難發現，叫他們重新搜查林家。再問問林家晚飯吃什麼，三個人的胃部還有糯米殘留物，糯米不好消化，說不定是晚飯的甜點。」

「糯米？八寶飯？粽子？」

「總之，問問。茶葉，茶葉。」

問題是茶葉？

「同時三人死亡，一定是熟人，才能進林家同時加鉤吻進他們三人的飲料或食物內，你們應該調他家的監視器和巷口的監視器錄影。」

不必他提醒，林家珍第五次去五星級酒店的廁所時，已LINE小蘇去調了。羅蟄仍恭敬地謝謝老丙提醒。

「還有，這個研究所，」老丙遞來一張列印的A4紙，「他們研究特殊藥材，鉤吻是其中之一，如果你運氣好，說不定問出哪些人了解鉤吻的毒性。」

「哇，多謝丙法醫，我明天就去查。」

老丙滿意地抿抿嘴，從袋子裡拿出第二個紅豆麵包。羅蟄一共買了三個。

「說，你一定找到新的線索。看你興奮的勁。」

該從何說起？任何看著吃紅豆麵包，眼睛瞇成一條線的慈祥和藹老丙，都抗拒不了的恨不能掏心掏肺，連歷任女友的嗜好都說。

「我應該回局裡向齊老大報告。」

「保密，絕不外洩。」他冷冷的看對面年輕刑警，百步蛇見著老鼠的眼神，「說，我先讓你知道死因，交換你的消息。」

不說也憋得難過，羅蟄深深吸口氣放緩速度地從前言說起。

◇　◇　◇

「對不起，實在嚇我一跳。妳願意說說嗎？」

「我十歲那年，放學回家洗澡，他推開玻璃門，假裝說不知道有人。騙肖，他從不用二樓的浴室。他說要不要幫我洗背，不要臉地擠進shower底下。」

咖啡廳在喜來登酒店的一樓，對面是內政部警政署，西邊是監察院。過監察院是台大醫院，穿過台大醫院是總統府。

「我大聲叫，他說不要怕，爸爸幫妳洗澡。我一直叫，那時候他五十歲，沒有現在的大肚子，力氣很大，一手壓得我快窒息，另一手脫他的褲子。Bitch，他脫褲子比妓女還快。」

林家珍見過妓女脫褲子？羅蟄沒問。

「事情發生在浴室？」

「浴室。」

「水龍頭開著？」

「把我壓在牆壁。」

「他……。」

她語氣略帶苦澀，一如沒有加糖的咖啡。

「脫掉褲子抓我的手摸他的老雞雞，叫我輕輕的摸。我用力想把它折斷，他打我巴掌，膝蓋頂我肚子。」

「家裡沒其他人，外傭呢？那時妳們家有外傭嗎？警報器呢，浴室裝了警報器沒？」

「他爸爸，死不要臉的老頭子聽到我的叫聲推門進來，我看到他，他看到他兒子和我，沒說話又出去。」

「沒說話哦。」

「第二次是兩星期後，我放學進房間，他已經在裡面等我。」

「曾經傷害妳？我是說打妳？」

「一進來就脫褲子，叫我張嘴。」

「啊。」

「他掐我脖子，掐得我不能不張開嘴。」

「一共幾次？」

「十七次。」

「為什麼不告訴妳媽？」

「我瞪他，瞪得他不敢放任何東西進我嘴巴，保證咬斷。他把我推倒，用力打開我的腿。」

「踹他！」羅蟄激動地喊。

「我兩腿踹他，踹到他鼻子，他力氣很大，抱住我的腰。」

羅蟄不敢往下問，林家珍喝咖啡，大概嫌咖啡太苦，皺緊眉頭。

「幾歲時候停止的？」

「十一歲。很長一段日子不敢回家，一定打電話問我媽在家才敢回去。」

「妳媽不知道？」

她在咖啡裡加太多糖了。

「不要臉的賤貨假裝叫我吃飯，硬擠進我房間，我們家的房間除了四樓，都沒有鎖。」

「他又……。」

「進來就脫褲子，連內褲也沒穿，還自己搓大。毛毛蟲，搓大還是毛毛蟲。」

「再強暴妳？」

「我媽碰巧進來，他拉上褲子，摸摸我的臉才出去。」

「妳——對不起，我一定要問，不一定要回答——妳抵抗過嗎？」

「我留指甲。」

她伸出十根指頭，指甲留得很長，並刻意修得很尖，原始色，沒塗得紅通通或貼得bling bling。

「我抓他的臉、他的背，抓到我指甲斷掉。細老二的死老猴說我是小野貓。」

換刑警上廁所，站在洗手檯前用冷水沖臉，沖了十幾次。如果這時做體檢，血壓和脈搏一定超標。

羅蟄幾乎想躲在廁所不出去，但他是刑警。

另兩杯熱咖啡，一杯在桌上，一杯在她手中。

「你還好吧。」

這話該刑警問受害人。

「好。能繼續再說嗎？」

「第十七次，我媽抓到他的下一次，我月經開始來了，他拔出來，床單上一大灘。我媽看到尖叫，叫得樓下死老頭、死小鬼一定聽到。我媽和他在樓上吵了很久，我很煩，拿我媽的菸到頂樓，血一路滴，晚上我媽一面哭一面拿毛巾擦。用掉好幾條毛巾，她叫外傭燒掉。」

「妳媽怎麼說？」

「她不停的哭，我懶得理她。」

「以後林添財沒再碰過妳？」

林家珍冰冷的眼神看羅蟄，突然她手裡多了把彈簧刀，熟練地收放刀刃幾次。

「深更半夜他一個人在客廳喝酒，看到我很興奮。我也興奮，走到沙發前，亮出刀子朝他褲襠比畫幾下，對他說，如果下次他再把曬乾的青辣椒露出來，我切了放進果汁機，打成泥，拿去餵狗。」

「妳十一歲？」

「十一歲。」

「報過警嗎？」

「受不了臭男人的味道。」

「妳只跟我說，以前沒對別人說過，警察、社工、律師？」

「你也是男人，也臭。」

咖啡廳旁的自助餐廳準備中午的生意，門口已排十多名看來不像長期處於飢餓狀況的難民。領口打啾啾的服務生捧一盆盆的熱食擺設在長桌，不同食物混合出豐富的氣味。

「妳知道一種叫鉤吻的植物嗎？」

「不瞭。」

解釋鉤吻花些時間，她不好奇，她往新送來的咖啡內又加了很多糖。

「林小姐，妳對我說實話，我也對妳說實話，妳是林家一門三口命案的嫌疑犯，因為——」

「因為我有動機。」

「對。」

「隨便。」

「鄭重地問妳，林貴福、林添財、林真，是不是妳殺的？」

「喝咖啡要有甜點。」

「一旦我們展開調查——」

「什麼都不說，我不喜歡跟男人說話，你們又臭又髒又噁心。起司蛋糕好了，討厭巧克力的。」

「可是妳涉嫌最重。」

羅蟄習慣性的伸出食指沾掉落桌面的糖粒。

「不要碰我。」

「林小姐，別誤會，妳看，只是糖。」

羅蟄將沾起糖粒一顆顆撥落回桌面。

「地球上不應該有男人。」

「妳為什麼對我說？」

「想說就說。」

「為什麼不報警？」

「羅警官，他們叫你小蟲，羅小蟲警官，你還ＯＫ。」

「我叫羅蟄，三月驚蟄那天生的。上面是——」

「固執的執，下面是蟲。別人三隻蟲，你固執得只有一隻虫。」

以前沒人這麼解析過羅蟄的名字。

「小蟲警官，你該改綽號，女生聽到小蟲兩個字，馬上KO。」

◇　◇　◇

「她對我說，警官，別希望我對死掉的三個人說一句好話，包括同母異父的弟弟林真，十三歲，看色情頻道捧小雞雞打手槍不關門。她說林添財這家人噁心，所有男人噁心。」

第二個紅豆麵包只被老丙吃掉一半，另一半一直握在他手裡。

「沒想到，沒想到。豪門林家居然發生這種事，沒想到。」

他把剩下半個麵包塞進嘴，並罕見地把裝第三個麵包的紙袋推到對面刑警面前。羅蟄不客氣地三口吃掉。之前他沒吃成蛋餅、飯糰、牛肉麵。

「小蟲，你同情林家珍？」

「來不及想同情的事，腦子裡一片錯亂。」

「怎麼看她都是嫌疑犯，對老齊說了嗎？」

「沒，我送林家珍去圖書館，被長官你急電叩來。」

「會說嗎？」

「應該會，我是警察局的人，不是社會局的。」

「小蟲，她極可能是凶手，別太濫情，光聽你說過程，我就隱隱覺得你想保護她。性侵被害人和殺人凶手，兩回事，要分得清。」

「分得清。」

「太驚悚的凶嫌證詞，我年紀大，負荷不了，你對老齊說去。」

「丙長官，她肯跟對我說這些事的原因，除了男人的臭，說我身上有香的味道，廟裡燒香的香味，你聞聞看。」

羅蟄伸長手，袖口湊近老丙。

「渾身汗臭味，喂，小蟲，哈上林家珍啦？卡拜託，回去洗澡換衣服再出門好不好，你想臭爆法醫中心嗎？」

老丙送羅蟄到門口，

「再說一次，去看看我的同學，調整心理不是壞事。」

「報告丙長官——」

「小蟲，我聽說過你小時候的事，放不開嗎？勇敢地放開，人生在你羅小蟲手裡，誰也管不到，即使玉皇大帝。」

「謝謝長官關心。」

「老天，局裡沒人不喜歡你，可是小蟲，別畏畏縮縮，很簡單，伸出腳，邁出步子。」

老丙抬起他的一隻腳。

「像這樣，用力踩出去。」

幸好周圍沒見到陽壽已盡的蟑螂。

「大數據？」

「報告長官，刑事局的大數據。」

「用大數據找出凶手？」

「理論上如此。」

「說說看。」

「輸入關係人的名字和身分證字號，電腦自動尋找他們的資料——」

「從出生到死的資料？」

「是，不過長官，我們不查死人，他們被排除於凶嫌之外。」

「哼哼，不查死人。死人歸城隍爺管，哼哼，你不查死人。說。」

「電腦馬上進行比對，關係人當中誰最可能是凶手。」

「怎麼比對？」

「從林家和周邊的監視器畫面和相關線索，可以比對出誰最有下毒的機會。」

「比對出了誰？」

「那名外傭。」

「還有呢？」

「按照致死的毒草鉤吻與關係人間的關係，再比對出吳太白。」

「新名字，他是誰？」

「民生東路四段的中醫。」

「林家人找他看過病？」

「吳太白的病人資料庫內，查無林家成員的病歷。」

「明白，中醫和鉤吻有關係，民生東路四段和五段有關係，於是吳太白理所當然和林添財一家發生關係。」

「長官明白了。」

「明白你個頭。」

當齊富破口大罵科技研發科派來的孫技正，排隊等進去開會的警官一個個悄悄地閃，剩下羅蟄，他是林家命案的承辦警正，躲不掉。

一直等在門外，羅蟄聽得出屋內兩名長官雞同鴨講，雞會倒大霉，等雞倒霉過了，再敲門，免得被脾氣不好的老鴨掃到。

「請進。」

「報告長官，看到驗屍報告囉？我從丙法醫那裡回來。」

「別的呢？」

「查出新線索。」

「大數據的線索，小數據的線索？」

「報告——」

「你再報告長官試試看。」

「是。這是非正式的林家珍口供。」羅蟄遞上報告。

「林家珍開口了?難得。」

將精簡版的林家珍自白快速說完，齊老大邊聽邊皺眉頭，不滿意羅蟄電腦打出的報告，孫技正則一臉興奮：

「新資料，小蟲，我借用林家珍的自白，丟進大數據裡看看。」

說著，他已起身出去。

「丟進大數據?小蟲，大數據是不是環保局的焚化爐，找到什麼垃圾往裡丟就是了?坐，你的話裡有幾處空白。」

乖乖坐下。

「補充你的看法。」

齊老大盯上誰，誰倒霉。

「凶案現場是間密室。」羅蟄謹慎地表示。

「棟，四層樓房子稱棟，不稱室。」

「是棟密樓，因為命案當天除了家裡六個人外，僅一個外人進去過。」

「大數據說的?」

「林家大門和客廳監視器拍到的，莉塔很勤快，一天打掃兩次，屋內僅找到一枚林家人以外的指紋。」

他滿意地點頭。

「所以不可能搶匪或是仇家進入林家殺人。查過林添財的交友狀況，看不出跟誰有仇，當天林家也未遺失財物，莉塔作證，連洋酒也一瓶未少。」

「外人進去過，外人呢？」

案發當天下午五點零七分，曾有人進入林家。林家大門監視器的畫面，看不清臉孔的男人走進清水混凝土牆後面，按了門鈴，開門的是林吳瓊芬。

林家客廳內的監視器畫面，林吳瓊芬和來客聊天，她對鏡頭，來客是背影，顯得謙卑，不停哈腰低頭。不久林添財下樓，和來客熱絡地說話，林吳瓊芬離開進廚房時手裡多了袋子，應是客人送來的禮物。

畫面中解析度不夠高的禮物由林吳瓊芬帶進廚房。

其間莉塔送來茶，兩人都喝了。來客與林添財聊到五點三十六分，林添財送客人到門口。

向林吳瓊芬求證，她表示當天拜訪林添財的是觀止研究中心的研究員朱俊仁，留美生化碩士。觀止屬於林添財掛名的合良生化股份有限公司，主要開發目前流行的酵素。

「酵素？」

「萃取自然植物對人體有用的成分，製成粉末方便購買者服用，增強人體免疫力。觀止研究中心說的。」

「喔，那種酵素。我以為是引人發笑的笑素。」

羅蟄沒笑，齊富笑一半，沒人捧場，毫不手軟的謀殺另一半的笑。

林添財、朱俊仁是老闆、部屬關係，林添財關心酵素的開發，認為觀止是合良集團下個十年最大的的金雞母，最近染上感冒，沒力氣進辦公室，朱俊仁被電召至林家報告工作進度。

值得追查的是觀止從上到下沒人知道朱俊仁去董事長家報告公事，卻也暗示僅掛名研究員的朱俊仁頗受董事長重視，臨時被找去報告也不是沒可能。

朱俊仁為何受重視？小蘇回報：

「朱俊仁追林添財的女兒。」

觀止的人透露，朱俊仁常去董事長家，與林家珍見過幾面，好像從此魂不守舍，他之前沒有女友，所以常被同事當成熱門八卦。

林家珍未透露過朱俊仁的事，羅蟄納悶，他是三男友之一？快死的那個？

朱俊仁停留半小時，外傭送來茶，並且送另一壺茶與可樂去二樓和三樓。林家珍於五點二十二分離開，沒走正門，走的是廚房後面通往防火巷的小門。

朱俊仁於五點三十六分離開。

朱俊仁離去之前，林吳瓊芬在門口坐林添財的賓利大轎車到林口赴約，從汽車的行車紀錄器可以確定林吳瓊芬與司機沒說謊。

客廳的監視器顯示，林添財於八點零七分右手抓心臟位置倒地，動作像是曾喊叫過，外傭印尼籍的莉塔在廚房後的小房間內看手機，不論林添財喊出聲音沒，莉塔沒有反應，專注在手機上。

八點十一分，二樓的林真手中的任天堂遊戲機掉落到他腿上，皮卡丘於螢幕內被凍結。

至於林貴福老先生令莉塔意外的七點五十二分就上床，平常他要十點以後才睡覺。確實死亡時間不詳，當法醫趕到時，他右腳已僵直得蹬出薄被。

莉塔於九點多就寢，她每天工作時間長達十四個小時，勞動部從不關心，她只好早睡早起，免得離鄉背井賺幾文錢送兒子念大學累出一身病痛。

確切時間為八點二十九分，林家珍回來，以鑰匙打開大門的三道鎖，而且——

「而且什麼？」

「她說她對躺在地上的林添財狠狠踢一腳。監視器的畫面，她踢了一腳，踹了一腳，再用腳跟狠狠往林添肚皮跺了一腳。從動作看，可能吐了口水。」

「她說謊。算了，林添財死了，一腳和三腳沒差。」

「接下來的情形和她的自白一致。」

齊老大轉近年又流行的派克鋼筆，沒轉好，鋼筆落到水泥地面。

幹。鋼筆沒哎，他先幹。

孫技正適時進來。

「報告長官，新資料丟進大數據，跑出新的結果。」

齊老大撫摸撿起的派克：

「跑出新結果？一百公尺的跑，馬拉松的跑？」

孫技正看室內的第三人，羅蟄拉開嘴角地報以似笑不笑的微笑。

「說。」

「報告長官，我把林家珍丟進去——」

「燒成骨灰？」

孫技正再看羅蟄，這回他沒敢笑。

「加入林家珍的自白資料，產生新的凶嫌是林家珍。」

「哇，」齊老大坐直身子，「我愛死你們研發科的大數據，安排我們去參觀，看納稅人的錢不用在給警察加薪，用在大數據，多麼明智的先進政策。」

孫技正又看羅蟄。這回羅蟄低頭，當沒看見。

「林家珍為凶嫌的機率為52％，暫居第一位。」

「第二位是？」

「林吳瓊芬，48％。第三位是莉塔，43％。」

「看來比數蠻接近，你們二位下哪一家的注？各出一千，贏者全拿怎麼樣？」

孫技正不再看羅蟄，他終於進入齊老大反諷式的說話軌道。

「鑑識科的同事在我們談話的這段時間將監視器的畫面、林添財遺產繼承順位、林家珍的自白輸入電腦，再走一次大數據，出來這三個人的凶嫌排名。」

「可憐的莉塔，什麼也沒做，轉眼之間落居第三。」

「林添財未留下遺囑，按照《民法》，妻子是當然繼承人，其他主要有繼承權的兒子、父母均已死亡，所以林吳瓊芬在大數據的分析中，嫌疑自然最大，可是能掌控三名死者飲食的是莉塔，林家珍最有動機。」

「強烈的動機。小蟲，你看呢？」

「十一歲那次以後，從此妳跟林添財沒說過話？」

剃光頭有其前提，得頭形好看。林家珍的頭長圓形，後腦勺不特別突出，前腦殼圓滑。她喜歡三不五時提左邊眉角，青綠的細微血管隨之跳動。

「沒，他見到我當沒看見，我當他是垃圾。」

「妳媽沒和妳就這件事談過？」

「談，彈吉他咧。只有一次，她叫我不用再怕他，要是他再碰我，我媽馬上把他的資料公開，離婚可以分合良集團所有資產的一半，要他的命。」

「什麼資料？」

「可能我媽找徵信社抓過他的姦，大概有照片什麼的。」

羅蟄一驚，今後不能偷瞄林吳瓊芬女士的溝溝，她有偵探。

「妳們母女的關係呢？」

「很晚回家，每個月一號她把零用錢匯進我戶頭。」

「就算不在家吃飯，妳們也不去外面喝下午茶談談女人的事？」

「女人沒事，男人有事。」

「家裡一下子死三個人，妳的態度算冷靜。」

「冰冷。」

「妳踢林添財是為了他確定死了？或是仇恨？」

「不必確定，沒吃過豬肉也看過豬走路。」

比喻得有點怪，現在大家吃過豬肉，倒是很少人看過豬走路。

「林添財最近脾氣不好嗎？」

「他喜歡罵我媽，我媽當沒聽見。也罵莉塔，莉塔不理他。」

該問的必須問。

「妳用過中藥？了解中藥？學過中藥嗎？」

「你中鏢。」

她便走了。單肩掛起能去爬大霸尖山的大背包走了。

大背包內裝的是她全部家當，她有家，人生卻在家的外面，隨時飄泊四海。

沒走遠，站在酒店外的人行道等公車。外面太陽仍烈，她站在騎樓的陰影內燃著菸，荒野孤狼似的仰臉吐出煙。

今年的十一月可能很長，長到覆蓋掉十二月。

◇　◇　◇

「林家珍的強烈殺人動機，我判斷已經發揮在踢林添財屍體的三腳上，她不是精於設計與下毒的人，而且她沒下毒的機會，她回家時林家三人已經死亡。」羅蟄小心說出他的結論。

「總之，我們現在有三個半可能的凶嫌，林吳瓊芬為了財，她下星期接任合良集團董事長。林家珍為了恨，哎，林添財不是東西，禽獸，禽獸不如。莉塔經手飲食，可能被林吳瓊芬或林家珍利用。朱俊仁算半個，他是所有關係人當中，和植物、和毒最有關係。」

「長官指示。」

「小蟲，先約談林吳瓊芬，愈快愈好，保密，千萬別讓媒體知道。」

齊老大向孫技正伸出手：

「謝謝科技單位全力支援，回去代為問候你們科長，有機會安排我們去考察大數據。用考察正確嗎？還是用丟、用跑、用砍、用殺、用掛？」

「是，長官隨時來。」

刑事局的大數據利用雲端計算，台灣二千三百萬人的私密盡於其中。送孫技正出去，羅蟄故意跟在後面，悄悄問：

「林家四層樓，我們視為大棟的密室，大數據能分析那棟樓嗎？」

「好問題。」孫技正兩眼一亮，「現在我們有的條件只有一扇窗戶打開對不對？當天沒開警報系統，四樓安裝了密碼才能開啟的電梯，頂樓往出口的蓋子有內扣的鐵栓，比鎖更牢。密室。你娘卡好，有更新的資料盡量丟我信箱，愈多愈好。」

孫技正亢奮，羅蟄更亢奮，想到下個任務，林吳瓊芬。沒來由的，腦裡浮現她右乳房的印記。

警察不能對涉嫌人有任何邪念，再說他沒時間胡思亂想，三重分局的憨面已傳來五次訊息：

你ＴＭＤ的小蟲，我請他吃咖哩飯還是蚵仔麵線！

羅蟄回：

感謝憨面大仔，泡麵就好。我忙完就過去。

夢裡出現飄浮的人影，看似許多個，我清楚只有一個，他如羽毛般地飄蕩，留下不同形狀的殘影，我想對他講話，嘴巴打開發不出聲音。以前我曾發出聲音，可是自己聽不到，周圍不存在的吸音板把它們立刻吸走。像關掉聲音的影片，一匹狼對空無聲的長嘯。

便這麼再次走在荒蕪的沉靜裡，意識清醒的要找尋某樣親近的事物，卻仍然找不到。聽見有人呼喚我的名字，一個人的聲音，四面八方傳來的呼喚，卻又像是很多人發出同樣的聲音。

有幾次我坐下，我想他或他們既然找我，乾脆安靜地等待。飄浮的人影繼續飄浮，他們看不到我。

極度疲勞中，我垂下頭想睡一會兒，然後天搖地動。

4

手機的震動，羅蟄從椅背快斷裂的辦公椅內驚醒，三重分局的憨面又傳來簡訊：

蚵仔麵線吃了，咖啡喝了，接下來要準備排骨便當嗎？

看資料不知不覺睡了十七分鐘。本該去接莉塔，只好叩厭頭仔代勞。羅蟄的TOYOTA右彎上高架橋過河進三重。

「小蟲，拜託，叫他離開三重好不好？不然下次直接送菸毒勒戒所，不讓他嚐嚐牢房的硬地板，不會掉眼淚。」

羅蟄對憨面鞠躬，兩手緊握他的右手，腰彎到能斷裂的地步。憨面是上道的警察，他擺擺手走了。

攙起羅雨，刺鼻的酒味摻雜檳榔、香菸、油垢、腳臭。牛仔褲腿部扯出個大洞，和林家珍的短褲不同，她的洞是設計師的設計，羅雨的是拒捕，和警方打鬥時抓破的。

「來根菸。」

出了分局，他一手遮眼，一手朝羅蟄伸去。

「你又不是不知道我不抽菸。」

「算了。」

他兩手插進褲袋，拖著終年不換的Converse鞋轉身要走。

「小雨，等等。」

羅蟄塞五千元進他的手。

「最後一次，求求你，別再嗑藥，回家去，老爸會講氣話，老媽會護你罵回去。回家，不然去大姐家也好。」

他看手中的錢，像看見初生的小貓，不敢用力捏，卻忍不住地看。

「你知道姐夫對你最好。」

收起小貓，他終於看比他長兩歲的哥哥。

「羅蟄，你是你，我是我，別想當師公，我不需要超度。」

他走了，一如過去十多次，有如發現警察手中沒法院拘票的通緝犯，吐口水、翻白眼，踩外八字步的走了。

原本下決心抓他回家，可是看著他的背影，羅蟄想到十一月的女孩，羅雨呢，二月的男孩，雖是風是雨，春天明明不遠，他卻一步也不肯移動地停留在二月。如同夢裡的那個羅蟄。

◇　◇　◇

案發當天莉塔依太太訂下的規矩，上午打掃房子、買菜，下午推輪椅帶林貴福到公園曬太陽。這段時間，林貴福沒在外面吃東西。

傍晚莉塔忙晚飯。從四點半起到林家珍報案，林家只有林家珍、林吳瓊芬離開、朱俊仁進去再離去。

董事長林添財感冒，加上血糖高，已三天未進公司的居家休養。太太不在，可是交代過要替董事長補充蛋白質，莉塔大油大火為林添財與林真煎牛排，替林貴福煮糙米飯、炒高麗菜，煎一條黑喉。鑑識中心同仁翻遍廚房每個角落，找不到鉤吻。找到二樓浴室內的乾燥葉片，一度衝動得想宣布破案，沒想到是桑葉，養蠶取絲裡蠶寶寶吃的桑葉，聽說解毒抗老，有助於睡眠。

朱俊仁的確於下午來訪，莉塔未招呼客人，太太開的門，然後先生和朱俊仁聊天。她表示朱俊仁最近來得很勤，給林貴福送酵素，她未經手，老董事長自己保管與服用。

忙完晚飯、倒了垃圾，接下來是莉塔自由運用的休息時間，大多待在廚房後的小房間內看手機，與遠在爪哇的親人通LINE。

每個月的工資二萬八千元，太太貼心地另外貼補她一萬，先生在年底發五萬元獎金。對林家的工作，莉塔沒有一句牢騷。阿公身體差，每隔幾星期總拿他朋友給的健康食譜到廚房，莉塔看不懂中文，太太會解釋。老人的食物無非煮和燉，差在材料的組合不同。

她的國語說得可以，辭能達義，干擾偵訊的是時不時的哭。

中午小蘇為她訂日式便當，炸蝦與煎蛋，她終於停止哭泣。

吃完便當，繼續。

案發當天，忙完晚飯，洗碗盤、倒垃圾，接下來回房上網看同鄉傳來的影片，躺上床不到一分鐘即睡著，沒注意外面發生的事，是小姐拉開她房門喊：「打一一〇，死老頭死翹翹了！」

「莉塔，先生和太太的感情怎麼樣？」

羅蟄盡量口氣溫和，老闆死了，莉塔受到的驚嚇已經不小。

「還好，他們有時候不講話，有時候先生會抱她。」

林添財最近感冒，之前每星期總有一兩天很晚回家，有時出差十多天，吃飯時談的幾乎都和兒子有關，像林真的成績不好，太太打算送他去美國念書，先生不太願意，主張替兒子請家教。林貴福對孫子的事從不表示意見，和一般老人家不同，他與孫子根本沒互動。

莉塔以為和林貴福身體不好有關，阿公每天忙自己的，分配藥丸、做毛巾體操、看書看電視，偶而朋友開車接他出去吃飯，要不然就是進醫院檢查。

莉塔陪他上醫院，知道阿公罹癌，林貴福不准她說出去，莉塔不說。

合良企業由林貴福創立，本來做房地產，交到第二代林添財手中，擴大至其他行業，如今父子不談公事，有的沒的談的多和健康有關。至於林貴福的妻子，莉塔說家裡從來不提，她以為阿公的太太死了。

的確死了，二十二年前自殺。資料上記載為長期憂鬱症，服用安眠藥過量而意外死亡。

林家當年想必為這起死亡花不少公關力量掩飾，服用安眠藥過量？除非存心過量，否則不可能一口氣吞下幾十顆。從何意外起？

因找到遺書，警方未調查林貴福妻子的死因。

小姐和她的交情比較好，偶而會到她的房間聊天。

莉塔這時露出微笑，小蘇的偵訊經驗算豐富，一旁的羅蟄讀得出莉塔笑容背後的寂寞和友情給她的溫暖。

她在冰箱內永遠留一份飯菜給小姐，有時林家珍會吃。難怪從冰箱內找出盛裝飯菜的保鮮盒，鑑識中心一度以為是林真第二天的便當。

林家珍那天沒吃，她提起左邊眉角領警察看三具屍體。之後也沒吃，直到羅蟄請她去阜杭。

太太不在家，莉塔為三代男人做晚飯，先生吃飯時喝紅酒，少爺喝可樂，阿公喝茶。

飯後沒人喝茶、喝咖啡。

家中喝茶的是林貴福和林吳瓊芬，不同的茶，老先生喝烏龍，太太喝外國鐵盒裝的花茶，林添財只喝酒，林真把可樂當水。

老先生的茶葉由他自己保管、處理，太太的由莉塔沖泡，說能養顏美容、淨化心靈。

剩下的飯菜不多，隨垃圾車進木柵的焚化爐。周二，周六不收垃圾，其他五天莉塔一定倒垃圾，太太不喜歡廚餘的味道。

唯一和命案當天有關的食物，莉塔為林家珍留的飯菜，鑑識中心視為珍貴證物帶回去檢驗，無異物。

關鍵在於飯後三名死者還吃過什麼？

莉塔想起來，朱俊仁下午來的時候送給太太一盒日本式的麻糬，包紅豆沙和草莓的那種。太太注重身材，不太吃零食，將盒子往桌上一放便出門了。

鑑識組同事在冰箱、廚房沒找到麻糬。

「我沒有偷吃麻糬。」莉塔又快哭了。

廚房裝廢紙的GUCCI提袋內找出裝麻糬的紙盒，沒有麻糬。四顆一盒的日式草莓大福，假設家裡三個男人吃了？

「我不知道，董事長愛吃甜的，說不定他吃了，我真的不知道。」

林添財愛吃甜食，見到桌上的大福，忍不住伸手，可以想見。林貴福糖尿病嚴重，不可能吃吧。四顆大福，林添福吃一顆，應該還有三顆，但只剩下空盒子。

「星期四垃圾車不回收紙類品，我留到星期五再丟。」

總之，麻糬全數消失，不幸中的萬幸留下紙盒，馬上送鑑識中心。

莉塔不知怎麼辦，不能打掃房子，因為已是凶案現場；不必做三餐飯，家裡沒人了。她隨林吳瓊芬去西華飯店，一人一間，雖然舒服，她卻很難過，她習慣定時的規律工作。

小蘇朝羅蟄交換眼神，莉塔已從涉嫌人名單中排除。一，看不出她有什麼動機殺掉林家三代三口人。二，她懂鉤吻毒性乃至於取得鉤吻的機率甚低。三，她離鄉背井為了賺錢供兒子念大學，毒死林家三口人，對她沒什麼好處。動機呢？

唯一令人好奇的是她怎麼不知道草莓大福的下落，林吳瓊芬說放在廚房桌上，而且包裝盒仍在。

林吳瓊芬由司機駕駛大賓利送到刑事局，羅蟄站在門口接待。

她不是一個人來，兩名黑灰西裝、銀色領帶的律師陪伴。

換了衣服，三宅一生灰色高領連身裙冰淇淋式的捲住她大半個身體。

她從頭到尾沒有開口，眼神呆滯地停在大腿上的GUCCI皮包。

回答問題的是連服裝也與客戶搭配的律師。

「那天她的不在場證明，五名女士於林口三井outlet欣葉的月會，林吳女士的手帕交，名單在這裡，你們可以查證。欣葉訂位用的是林太太的名字，林太太刷的卡，這是刷卡的明細單，上面有時間。」

羅蟄瞄瞄名單，交給小蘇。

「關於繼承權，這裡是林添財董事長與林吳女士結婚前簽的契約影本，夫妻共產。」

羅蟄接下影本，第一行印著：林添財先生與吳瓊芬結婚契約書。

「保險金部分，林董事長與夫人各保五千萬，互為受益人，但夫人在三年前將受益人改成她的子女，也就是林真和林家珍。這部分，兩位警官有疑義嗎？」

「為什麼改？」羅蟄問。

「夫人說，萬一她先過世，錢留給已經夠有錢的林董事長沒有意義，改成留給兒女。而且——」

開口的律師看了林吳瓊芬一眼。

「她前一段婚姻生的女兒林家珍不肯被林添財收養，她在林家沒有繼承權，身為母親才想到修改保險受益人。」

小蘇接著問林家珍為什麼沒被林添財收養，林吳瓊芬和她的律師互看一眼沒回答。

「林家其他親戚有意見，不願意多一個奪遺產的人？」

「私事。」律師惡狠狠看小蘇：「與本案無關。」

羅蟄插進新問題：

「林太太，妳和林添財之間感情好嗎？」

林吳瓊芬吃驚的抬起頭，嘴唇扭動中。

「警官，問這個是什麼意思？」律師擺出吃到老鼠尾巴的表情，嘴張得很大。「林夫人，妳不用回答。」

他們夫妻的關係不好，否則不用囁嚅地猶豫該怎麼回答。

「和妳女兒林家珍與林添財的事有關？」

林吳瓊芬的眼眶濕了，瞬間湧滿淚水，盤旋、閃動，再落下。

「妳女兒說她和林添財發生過難堪的事，林添財因而拒絕收養林家珍？」

沒人回答。

「林家珍拒絕被林添財收養？」

「不用回答。」律師吐掉老鼠尾巴，「羅警官，從一開始我們便全面配合，你卻一再偏離主題，如果沒事，我們告辭了。」

羅蟄看也沒看律師，擺出面對毒販的制式臉孔：

「忍這麼多年，妳從不恨林添財？」

淚水又滴下。

「和林家珍好好聊過嗎？」

她收住淚。

「林太太，我們回去。警官，到此為止。」

兩位律師一邊一個攙扶林吳瓊芬起身，羅蟄與小蘇搶先站在門口送客：

「林夫人，等妳準備好，隨時找我們談。」

齊富與羅蟄談案情前，一記重拳擊在羅蟄胸膛，算是頒發勳章。

「終於看到我們小蟲硬啦，對，逮到機會，趁勝追擊，偵訊就該擺出羅漢臉孔，別他媽要死不活演菩薩，這年頭好人不吃香，我要是慈眉善目，早給送進督察室成天等吃中飯。羅漢，小蟲，天天照鏡子，把臉上的肌肉繃得能當沙包袋。」

當羅漢。羅蟄不好意思地點頭。

◇　◇　◇

「談談妳和林添財，妳怎麼稱呼他？」

「廚餘。」

「剛隨妳母親嫁到林家，總會叫他叔叔，或者——」故意停頓，「爸爸。」

「垃圾。」

「所以妳和林添財的關係沒有開始過？」

「廚餘、垃圾、狗屎。」

她將十隻修得尖銳的指頭擺在桌面。

「即使妳那時還小，就不喜歡他？」

「厭惡。」

「出事那天晚上妳和朋友在一起？能不能告訴我們是哪些朋友？」

「沒朋友。」

「之前妳對警員說是朋友。」

「隨便說。」

「這裡是刑事局的偵訊室，我們現在不隨便說。妳在哪裡？」

「學校圖書館。」

「很用功。」

「圖書館有空調，好睡覺。」

羅蟄使個眼色，要小蘇打電話去她學校的圖書館。

「和妳弟弟林真的關係呢？」

「沒關係。」

「他也是你母親生的。」

「真不幸。」

「他不幸？妳不幸？」

「你最不幸！」

羅蟄看映在玻璃的臉孔，不夠硬，他抽動眼睛下面的肌肉。

「不喜歡妳弟弟，是因為妳反對母親嫁給林添財？」

「她愛嫁給誰，她的事。」

「林真呢？」

「小屁孩，死老頭的翻版，手機加電玩，住到螢幕裡面最好。」

「妳清楚林添財、林貴福、林真是被謀殺的？」

「聽說。」

「被毒死的，一種稱為鉤吻的毒性植物。」

「不瞭。」

「妳學室內設計，曾經了解過植物嗎？」

「吃過生菜沙拉。」

暫停偵訊，警員送水進去，林家珍不客氣一口喝光。羅蟄起身學齊老大彎右手食指敲桌面。

「暫時休息。林小姐，為什麼一肚子火氣？」

「高興。」

「希望妳配合調查。」

「要希望，去土地公廟燒香拜拜比較實在。」

她吃飽了，熱量滿溢，變得嗆。

圖書館的回應很快，傳真來林家珍於圖書館以學生證刷卡的時間，還有兩本書的借書證明，命案當天晚上借的，一本叔本華的《論意志的自由》，一本芥川竜之介的《地獄變》，羅蟄聽過，沒看過。

「妳那天晚上借了兩本書，看了嗎？」

「借來當枕頭。」

小蘇發出壓抑的笑聲。

「談談妳和朱俊仁的關係，男女朋友？」

「屁。」

「不是聽說他追妳？」

「你聽說，我沒聽說。」

「林家珍，現在是正式的偵訊，妳我的談話全程錄音。」

「妨害自由。」

「根據我們的資料，妳曾和朱俊仁多次約會，還合拍照片。」

小蘇二話不說攤出畫素很差的列印圖片。林家珍與朱俊仁的自拍照，朱俊仁拍的，他的臉因貼近鏡頭而變形。

「白痴沒經過我同意拍的。」

「從林添財手機裡下載，朱俊仁為什麼傳給林添財？表示他和妳的關係很好？希望取得林添財的好感？」

「腦殘。」

「我們研判背景，找出是承德路的一家咖啡館，你們相約談什麼事？」

「天文地理，不關你的事。」

即使菩薩心腸的警察有時也會喪失耐心。

「他承認和妳交往。」

「呷賽。」

「不呷意他？」

林家珍不說話了，此後無論羅蟄如何繃緊臉部肌肉，她頂多揚揚眉角，什麼也不說。和她有沒有律師陪同無關，她不說話，警察照樣沒辦法。

◇　◇　◇

羅蟄開警車送她回去，找不出任何足以收押的證據。

整起案件迄今為止，不見任何頭緒，知道是鉤吻致人於死，誰下的毒呢？明明五點半之後林宅無人出入，就算預先下毒，六點多吃飯即該毒發，為什麼拖到八點才死亡？若是晚飯後才下毒，莉塔是唯一嫌犯，她怎麼懂鉤吻的毒性，難道受人指使？

誰指使？

林家珍說的住處不是民生東路，是另一個地址。按照職責，開車的警官送佛送到西天，並中途停車讓她進全聯買日用品。不擔心她潛逃，擔心她不說話。

內湖捷運站附近，七層樓看來仍算新的公寓，電梯能容納七、八個人。

六樓原本兩戶，其中一戶隔成四間均有衛浴間的小套房，一張床墊與窗邊的IKEA無抽屜寫字桌，筆電攤在桌上，衣服掛在釘於牆壁的衣架。

床墊旁的地板躺著表情複雜的電磁爐，推測從使用起便沒有擦拭過。

煮泡麵用的帶柄鍋子內殘留混濁的湯，幸好尚未發霉。

「搬到這裡？」

「不然住你家。」

林家已被警方封鎖，她應該隨林吳瓊芬住西華，天天由穿雪白圍裙的服務人員換漿得筆挺的床單，還有二十四小時的客房服務，冰箱內說不定找得到哈根達斯藍莓冰淇淋。

她們母女的關係搞得未免太僵。

「找地方坐。」

說著，她已經從脖子拉掉T恤，邊解胸罩紐扣的進浴室。三分鐘，她洗澡真快，不像其他女生得shampoo、潤絲、吹頭髮，她拿毛巾往頭頂抹抹。

「為什麼剃光頭？很少女生這樣。」

「他以前抓我頭髮。」

又是空降式的回答，羅蟄很不願想像五十歲的林添財進十歲小女孩房間，一手抓女孩的長髮，一手抓……

想不下去，啊嗝，反胃。

「和朱俊仁在一起過，不小心，他其實喜歡別的女生。」

跳到之前的問題，跳來跳去，她喜歡空降神兵。

「男人很難欣賞光頭的女生。」

「不必評論。」

「他有別的女朋友？」

「他喜歡母狗也是他家的事。」

「為什麼剛才偵訊時候不說？」

「討厭被別人逼，誰推我，我一定推回去。羅警官，警告你，你已經推我好幾次，別太過分。」

她難道不知道偵訊就是逼供的現代名詞？

「林添財知道妳和朱俊仁的事？」

「他愛知道不知道。」

「能不能多說說妳和朱俊仁的關係？故意給朱俊仁機會讓林添財不再肖想妳？朱俊仁本來想追妳，結果發現妳沒過繼給他老闆，沒遺產的分，馬上撤退？」

「你，小蟲，不要當警察，去寫小說。」

「不，妳之前說妳討厭男人，怎麼會和朱俊仁……至少約會過？」

「倒霉，被雷打中。」

「《班傑明的奇幻旅程》裡有個人老被閃電打中。」

「七次，被打中七次。幼稚。」

沒說清楚究竟電影裡挨閃電的人幼稚，或警察幼稚。

她進浴室清掉鍋子，回來重新煮泡麵。

「一人一個蛋。」

兩人份的泡麵，羅蟄捧鍋蓋，她捧鍋子，兩人不再說話的吃搞不清算午飯還是晚飯的食物。她肚子餓就吃，不餓不吃。

時間的流動，由她的肚皮決定一切。

林家珍煮的泡麵和一般的不同，加進全聯買的青菜與一顆煮得筷子一戳即溢出蛋黃的水波蛋，滋味可比網咖賣的。

煮得如此熟練，看來泡麵是她主要食糧之一。雖然她從小成長於有女傭、牛排塞滿冰櫃的家庭。

打開窗，她坐進突出至牆外的防盜鐵窗上，又以縮回子宮的姿勢朝被樓房分割的天空吐煙。

「你該回家。」

看看錶，得回警局。

「家裡你一個人，早點結婚，打手槍傷身體。怪胎當警察，抓正常人。」

「別亂猜，請我根菸吧。」

她沒給羅蟄一根菸，給的是嘴中抽了一口的菸，給自己重新點一根。兩人對窗外輪流吐煙，形成小小的霧霾。

「我和爸媽間有點誤會，他們住在台南，我工作又忙。」羅蟄覺得該解釋。

「火。」

再換根新的菸、配新的火。她抽菸拚命，彷彿樂趣在吸吐之間。

「有時想回去，一想太多就錯過。」

「你不是來台北當警察，來逃難的。」

「什麼意思？」

「你不像警察。」

「像什麼？」

「像失戀五十年的老人。」

「老人？」

「看你的樣子，失戀無數年，抓著以前不放。你是綠巨人浩克，天天臭臉。」

她跳下鐵窗，逕直走到門邊打開門：

「失戀警官，下次見，最好不見。」

不走也不行，羅蟄的手機出現號碼：SOS。若非發生重大刑案，就是長官緊急召見。任何警官都寧可是前者。

活人永遠比屍體可怕。

5

「來，小蟲，喝茶？喝咖啡？」

「報告副局長，剛喝過。主任好，科長好，」

羅蟄站在刑事局副局長室內，盡是歷史塵埃的空間，歷任副局長幾乎當不成局長，幾個轉折升至警政署為主任祕書、警政委員，功德圓滿地退休。

此刻副局長坐中間，左手邊長沙發是主任祕書夏喻齊和公關室主任王佳慶。

「林添財命案的進展情形怎樣？」

副局長的口氣像對局長位置尚存幻想。

「初步判定林宅為密閉空間，外面人進不去，凶嫌應當脫不了當天進出的四個人。」

「林添財老婆、老婆的女兒、外傭，和那個叫什麼的研究員？」

副局長看主任祕書，後者立刻回答：

「朱俊仁。」

「對，朱俊仁，談談他。」

「朱俊仁和鉤吻最有關係，他懂植物、藥材，但是還找不出他的殺人動機，除非他受人指使。」

「林吳瓊芬主使？」

「可能性較高，林吳瓊芬受到家暴，可能氣憤之下想報復林添財。林家珍也有可能，家暴的陰影不容易遺忘。她和朱俊仁交往過一陣子。目前正往三人之間的關係調查。」

「齊老大說的？」

「不，綜合參與辦案各單位的意見。」

「齊老大是老手，他掌控得好。」

「是。」

主任祕書拍拍身邊的空椅子。

「坐，別當我們是長官，當官校的學長。」

六隻眼睛微微笑的看他，羅蟄怕壓死螞蟻的小心坐下。

「聽說你最近表現不錯。」

羅蟄對副局長遞來的菸搖頭。

「齊老大也誇你，說你開竅了。我查過你的資料，官校第二名畢業，會讀書，可是這幾年你是不是讀太多書，做事怎麼進一步退兩步？」

「報告長官，我繼續努力。」

「你同學幾乎都外放到縣市獨當一面，憑你的成績、智慧，早該輪你出去，台北市刑大、市警局，由你挑。做出點業績，讓長官們看看。」

「是。」

「眼前林添財一家三口命案是你的機會，把握，哦？」

「齊老大引領我往林吳瓊芬的方向追查。」

副局長熄了菸，抖抖閃亮的皮鞋。

「小蟲，齊老大是在座所有人敬仰的同事，不過這件案子的死者是合良集團的董事長一家，社會關注，局長不放心，我們奉命多了解案情，全力提供協助。」

「報告副局長，應該找齊老大，他是專案的負責人。」

「先找你。」

「呃。」

「林添財的身分你了解，選舉時不分黨派，他都捐款，所有關心案子的政商界大老快把我的手機打爛，時間有限，上級希望儘快破案，聽懂了嗎？」

「懂。」

「齊老大講究慢工出細活，看樣子我們沒有慢工的時間。」

「是。」

「還有，你剛才說的辦案方向是林吳瓊芬和林家珍，小蟲，不是林吳瓊芬對吧。見過林吳瓊芬？就算她有殺老公的動機，不會連林貴福和自己的寶貝兒子林真一起殺？你要慎重，別鬧成笑話。」

「是。」

「時間緊迫。任何需要，主任祕書是你的窗口。」

「是。」

「放大膽子，加快進度，我們期待你的表現。」

當羅蟄進去時，三個人坐著；離開時，三個人仍坐著，其間動也沒動過，甚至連看羅蟄的淺淺微笑也沒變過。

羅蟄吐出大氣，手帕擦額頭的汗水。

合良集團的公關威力開始入侵刑事局，既要儘快破案，更要維持新任董事長的顏面。

大家怕齊老大，不怕小蟲。

進電梯前偵查一大隊的隊長郭子已出現在羅蟄手機螢幕。

「小蟲，要人要車，找我。副局長的命令。現在我們偵一隊聽候差遣，你怎麼分配工作？」

沒空思考。

「盯住三個人，觀止生化中心的朱俊仁，林添財的老婆林吳瓊芬、林吳瓊芬的女兒林家珍。人手夠嗎？」

「別擔心，叩你的是我偵一隊，後面還有偵二到偵八隊，全聽你的。小蟲，爽吧，要不要提幾個大披薩來勞軍?我要有鳳梨的。」

「喂，郭子，你們為什麼不向齊老大報到。」

「媽咧，小蟲，不要研究他們上面長官的政治風向，我們一個口令一個動作，乖乖聽話，年底考績甲等。」

「我夾在局長和齊老大中間是熱狗?」

傳來一陣笑聲:

「誰叫你一開始掉進去。小蟲,你不是熱狗,是代理人,局長的代理人。局長不敢要齊老大把案子交出來,當然找你當——熱狗不好聽,你是培根,早餐三明治裡面咬得咔茲咔茲響的培根。」

「局裡上下看我笑話的意思。」

「總要有笑話,不然當警察多悶。」

◇ ◇ ◇

可能遭下毒的是朱俊仁送的大福,林吳瓊芬將大福放在桌上,林添財吃了,林貴福吃了,林真吃,應該還剩一顆,可是莉塔說他收拾時只剩空盒子。

大福,糯米做的。

林家珍的殺人動機最強,卻離凶案現場最遠,除非她晚上從不知道的祕徑回家拿鉤吻灌林添財,當場毒死他,可是不致於毒林貴福和林真。殺林貴福、林真,對她沒有意義。

厭頭仔傳來簡訊:

查了林宅市話的通聯紀錄,朱俊仁去電頻繁。

朱俊仁打電話到林家找他的大頭家林添財?不太可能,林添財是董事長,一天十個小時在公司,朱俊仁找他應該打到公司或是打手機,打到家裡?

替林貴福準備酵素？

問林家珍晚上有沒有空一起吃晚飯？

遇到想不通的事，羅蟄沒耐心更沒時間，打過電話，他說不出緣由的興奮，抓起車鑰匙衝出警局。

西華大套房的客廳內見到林吳瓊芬，沒律師和醫師，羅蟄坐進高背大沙發椅，彆扭地不停移動屁股。

「喝什麼？」

銀色餐車上擺滿同樣銀色的壺、瓶、刀叉，周邊歐洲式花紋的盤子，金字塔形狀的三層點心。

羅蟄客氣地說咖啡就好。

咖啡外，她送去夾生菜、起司、火腿的可頌，羅蟄像到同學家接受對方媽媽招待似的小口地吃，怕可頌鬆脆的渣落得一地毯，被人背後罵家教不好。

地毯，無論林吳瓊芬去哪裡，都有厚厚的地毯。

她小口抿花邊瓷杯問：

「警官還有案情要問我？」

另一件拖到地毯的長袍，富婆大約便如此，她們熱愛慵懶的華麗，隨性的奢侈，再來點不經心的關懷。不過以她和林添財最後幾年的相處來看，為當富婆，忍辱負重的範圍真大。

羅蟄喝口咖啡打起精神，移開對光滑肌膚的貪婪目光，他是刑警，為命案而來。

「隨便聊聊，希望林夫人幫我們釐清案情，早點替您丈夫一家三代找出凶手。」

「我得找律師？」

「林夫人決定。」

「不喜歡合良公司裡的律師，老愛管我。」

她伸個懶腰，再為空的盤子加進草莓幾乎溢出來的水果塔。

「你問吧。」

「若有不禮貌的地方請原諒。」

羅蟄決定學林家珍做個天降神兵。

「林添財曾經數次強暴妳？」

她轉開帶著溫度的視線，沉默不到兩秒。

「莉塔說的？你們一定很會誘導別人說出不該說的話。」

「不，是妳右乳房的傷痕，他捏的？我也問過莉塔，她不敢說。」

拉拉領口，她直覺的隱藏曾不小心被羅蟄看到的傷痕。

「既然你知道——很多次，去年起他的血壓太高，吃藥，才比較少。」

回答得直接，確是林家珍的母親。

「什麼原因？」

「他說，要我代替家珍。」

輪到羅蟄沉默，原來他不是天降神兵，她是。

「妳知道他生前強暴林家珍多次？是否嘗試阻止？」

「差點離婚。」她拉拉袍擺遮住露出的大腿。「他不肯。」

「妳不堅持？」

「警官，」她輕輕握握羅蟄停在鍵盤上的手，「要辛苦十多年的媽媽捨棄還沒長大的兒子，曉得多困難嗎？」

「他以林真為要脅？」

「當初協議書上寫得明白，若離婚，兒子歸他。」

「妳和他……溝通，他為什麼承諾不再騷擾家珍？」

「男人，年紀、財產、頭銜有了，在乎的是面子，我撕破他的臉。」

「而且妳拒絕和他……行房？」

「好古典的名詞。我的確不跟他做愛，以為他不在乎，反正他外面有的是。」

「既然如此，他為什麼還——」

「我不懂強暴在法律上的定義，他已經硬不起來，愈這樣，他愈想出變態的花招，我受不了，他就動手打人。」

「變態的花招？能不能說得具體些？」

她看金字塔，眼神不在金字塔。

「用手指，用其他工具。」

羅蟄再次沉默，《刑法》對強暴罪的定義模糊。《刑法》第二二一條：對婦女以強暴、脅迫、藥劑、催眠或他法，至使不能抗拒而姦淫之者，為強姦罪，處五年以上有期徒刑。《刑法》二二四條：對於男女人強暴、脅迫、藥劑、催眠術或他法，至使不能抗拒而為猥褻之行為者，處七年以下有期徒刑。

兩條法令對強暴皆有同樣的前提：不能抗拒。

遇上類似案件，警方得想辦法先證實受害人「不能抗拒」，最好的方法是驗傷，可是到了法院，驗傷單和強暴是否能聯結在一起，仍得提出其他證明。

除非每名受害人都有林家珍的指甲，摳下加害人的皮膚。

過去好幾件強暴案件，因被害人提不出充足「被迫」的證據，而以不起訴結案，法律從古至今，站在男人這邊。

「妳抗拒過嗎？」

「當然。」

「留有證明？」

「驗過傷，存在添財不知道的一位律師那兒，他是我的朋友。」

「不想提出告訴？」

「怕傷到家珍和林真，但是他清楚，要是再對家珍怎麼樣，我會讓他丟盡林家的臉。」

懂，深刻的懂，有錢有勢的老男人，在乎社會觀感，如果政府仍發貞潔牌坊，他們絕對不惜千金，搶也要搶一座。

羅蟄決定狠狠吃光盤內所有食物，換一段思考的時間。她沒主動說話，卻又替羅蟄加了個小巧的三明治。

「冒昧地問，羅警官幾歲？」

「二十八，快二十九了。」

「二八，好夢幻的年紀。他們叫你小蟲？」

「我叫羅蟄，生於三月初農民曆的驚蟄那天。」

「萬物甦醒。」

「是，我弟弟叫羅雨，生於二月的雨水。」

「您父親很有學問，替兒子取的名字既有時間感，也有期待。」

「我爸小學教員，退休了。」

「果然。你爸媽對你們兄弟一定愛護有加。」

是，可是傷害他們最重的也是這對兄弟。

「妳和林添財當初戀愛成婚？」

她彎下上半身為自己添茶，不再掩飾渾白、充滿彈性、隨時可能滑出絲質袍子的乳房。

傷痕仍在，更多的紫，少許的青。

「不，和戀愛的關係不大。離婚後我帶家珍不知如何是好，會計師事務所的工作待遇很差，林添財是事務所的客戶，我使了點小手段，」她露出一閃即過的微笑，「沒多久我懷孕，他沒兒子。」

「後悔過嗎？」

「很多年前就過了想後不後悔的時間，學會過自己的日子。」

「剛才妳說他對妳的暴行一年前終止，為什麼，」他移開原本停在林吳瓊芬乳房的視線，「又有傷痕。」

「這個呀，比起過去，不算你說的暴行了。」

手機響起，羅蟄摸口袋。

「正好我約了朋友，一起下樓。」

她進臥室換紫色的冰淇淋衣服，主動挽羅蟄的手臂出房間、進電梯、到大廳。柔軟的溫熱乳房緊緊貼羅蟄右邊繃得快爆炸的二頭肌，幾度抬不起腳步。體溫與心跳，羅蟄覺得林吳瓊芬的殺人動機，比她女兒強烈。

送上車時，她握住羅蟄的手：

「羅警官，下次不要再問為什麼的問題，我們喝杯酒。」

車子駛離，留下暫時凍結的小警官。

◇　◇　◇

小蘇傳來訊息，林宅三口命案的凶手已向刑事局投案。

車子擠過忠孝東路進刑事局，齊老大此刻一定很得意，凶手不費吹灰之力，自己搭計程車向他投案。

凶嫌坐在偵訊室內，四名警官圍住，羅蟄從許多人肩膀縫隙看見玻璃另一面的男人，四十多歲，穿名牌的深灰西褲與方頭義大利皮鞋，兩肘拄於膝頭，彎腰看政府機關低價競標換來的劣質塑膠地板。

引人注目的是桌面的半株連葉花朵，黃色的花已枯萎得如齊老大的抬頭紋。旁邊的學長彼此討論，聽得出大概輪廓，凶嫌將鉤吻摻入林家的茶壺，可是不肯說受誰的指使與犯案過程。

偵訊室的門打開，是齊老大，伸出大熊爪抓住凶嫌衣領。

他心情不好。

「不是我們敬愛的石虎哥嗎？以前見過面，沒換過名片？不記得？桃園，對，我們在桃園見過。」

邊說他邊拍凶嫌的臉龐。

沒人攔齊老大可能涉及刑求的行為。

「桃園縣警察局。來，石虎哥，你老人家他媽的好好坐著休息，我幫你說犯案過程。你看了電視播報民生東路血案的新聞和名嘴的瞎掰，得到靈感，跑到芝山岩掐了截以為是斷腸草的野花，經過兩天的躲藏，實在躲不了，坐計程車到刑事局投案，希望刑事局馬上報請檢察官向法院申請收押你，對吧？」

他拿起一說是鉤吻、一說是野花的某種花到鼻前嗅嗅，打了好大個噴嚏，花瓣被噴得支離破碎。

證物被毀。

「說說，欠了多少賭債？黑狗仔揺人到處砍你，沒處躲，以為刑事局牆高槍多，一屋子幾百名警察，能幫你擋住黑狗仔？多聰明的人，想不通你怎麼會欠賭債。嘖嘖，進看守所翹腳白吃白喝住一個月，證據不足，黑狗仔氣消了，同意分期付款，暫時不剁手腳，你抖抖這身漂亮的西裝出土城，從此平安幸福？石虎哥，你娘卡好的姓邱，不姓福。」

石虎於偵訊室內與四名警官僵持四十五分鐘後，總算開口：

「齊老大，何必這樣，每個人都有倒霉的時候，你們關我兩天好不好，兩天，伙食費、住宿費我自付。」

當石虎被扔出刑事局大門，郭子來簡訊：

該盯的全盯上。加油咧，蟲大哥。

羅蟄隨即叩小蘇和厭頭仔：

收線，所有關係人全帶進警所。

◇　◇　◇

包下四間偵訊室，向副局長申請，馬上批准：

「這個星期內破案，我記你大功。」

使羅蟄決定提早收線的主要原因是老丙新的驗屍結果，很明確。

林家三口人死於鉤吻之毒→若干鉤吻微末混於糯米之中，草莓大福是毒物→草莓大福是朱俊仁送去的→朱俊仁在觀止研究中心開發鉤吻在健康食品裡的功效。

根據老丙的驗屍報告，羅蟄馬上詢問莉塔，她支支吾吾說不清，但那天餐桌除了留下空的大福紙盒外，還有兩個盤子，判斷林添財招呼父親和兒子一起吃，他或林真吃兩顆，林貴福吃一顆。

誰能在林家的大福內下毒呢？

嫌犯除了朱俊仁，也有可能是林家某一成員下的毒。

莉塔在廚房內忙晚飯，不確定林吳瓊芬是否對大福動了手腳。

另外科技研發科也傳來大數據跑出的結果，林宅確定是密室——或密樓。調齊周圍所有監視器，沒有其他人進出過林家，連老鼠也沒有。莉塔曾出去倒垃圾，林瓊芬與朱俊仁先後離去，直到林家珍回到家。

關係人全在屋子內。

如果五點半，林添財祖孫三人仍活跳跳，六點半吃晚飯與莉塔在七點四十五分發現大福已被吃光，林添財等人於八點十分中毒死亡，看來時間恰好。

「大福本來就有毒的話，事情簡單。」研發科的孫技正說：「小蟲，你逮朱俊仁回來，記大功。如果不是朱俊仁下毒，只剩下林吳瓊芬和莉塔。小蟲，聽說了，上面要你對林吳瓊芬下手輕點。你聽懂輕點的意思？看你的囉。」

原來刑事局同仁都知道林吳瓊芬的份量，原來來自合良的壓力遠超過想像。

羅蟄得儘快破案，鎖定林吳瓊芬，不然鎖定朱俊仁。

搞科技的相信科學——單純、是與非、黑或白。負責偵查命的刑警卻在是與非之間掙扎，受困於人性。

小蘇在天母找到出售大福的店家，他們說包裝盒確是他們的，店員小姐細心地檢查膠帶封貼情況，提供警方一條珍貴的線索：

她說包裝盒最後於兩邊各貼一條透明膠帶，防止盒子意外打開，大福掉出來。文具行買的膠帶難撕，最好用刀片或剪刀割斷。林家的包裝盒只黏過一次膠帶，也就是從店家貼上膠帶後，直到紙盒被打開，中間不可能切斷膠帶打開盒子，因為若再用膠帶黏回去，看得出痕跡。

紙盒內是另一層四個洞安放大福的紙製平台，一定得拉出來才能拿大福，而且拉出來後，紙製平台的「腳」即鬆開，不易塞回去。她覺得林家的大福紙盒，內平台拉出來後，不曾再塞回去，否則「腳」會朝內歪。

小蘇帶了兩盒大福回刑事局，一盒給羅蟄當證物，另一盒他要帶回家。由此推斷，小蘇可能新交女友。

羅蟄抽出紙製平台，果然不容易塞回去。小蘇不關心紙盒，躲到一旁講手機，說不定哈上賣大福的美眉，他屬於容易一見鍾情的男人，學名：泛愛眾。

吃了一顆大福，腦子轉不停，是副局長幫羅蟄下決心。

副局長關心案情，他擂羅蟄的手機：

「小蟲，聽說找到新線索，快，大膽的放手幹。」

羅蟄沒對長官說他鎖定的目標嫌犯。

第一間偵訊室內的莉塔哭得很凶，警員送一盒未開封的衛生紙進去。第二間是陌生的臉孔，也是女人，大約四十多歲。第三間是——居然敢在刑事局抽菸、喝星巴克咖啡的丙法醫。

第四間空的，馬上不空。

重新偵訊的起點是莉塔，羅蟄口氣和善地問她：

「妳家太太已經說了。」

她睜圓黑眼珠。

「林添財打她的事。」

又哭了。

「上次偵訊妳沒說實話，一直眨眼睛，說謊的人習慣眨眼睛。莉塔，不是嚇妳，偽證罪七年以下有期徒刑，不得緩刑，不得易科罰金，妳在台灣坐牢，爪哇的兒子能依靠誰？」

上回偵訊莉塔眨了眼睛沒？不重要。此時她眨了好幾下。

莉塔用有限的國語詞彙，補足羅蟄目前手中已有證據所缺少的來源。

「先生打太太。」

莉塔哭著說：

「太太腿都青了。」

莉塔哭著說：

「先生強暴太太。」

好幾次她收拾房間，床單扭成一團，沾了血跡。太太有天叫她進浴室，幫忙消毒陰部的傷口。莉塔陪太太去醫院兩次，找熟識的女醫師，下面傷得比預想的嚴重。

「太太和先生的感情不好嗎？吵過架，打過架？」

「先生打，太太不打。」

「空手打，拿東西打？」

莉塔哭得快嗆到，羅蟄不得不打斷：

「最近一次是什麼時候？」

她說了：

「前幾天先生又罵她，把太太推到地上。」

「太太受傷沒？」

「我要陪太太去醫院，她不去。」

羅蟄大聲朗誦，厭頭仔飛快打字：

自從發現林添財強暴林家珍，林吳瓊芬對其夫的態度變得強硬且冷淡，數度拒絕行房，林添財暴怒之下，強暴其妻。之後林添財亦曾數度責罵與施暴於林吳瓊芬。

莉塔看不懂中文，幸好小蘇請來翻譯，一字字念給她聽，莉塔在列印出來的筆錄下方簽了名字。

第二間偵訊室內坐的女人是林吳瓊芬嫁給林添財前的同事，不是會計師事務所的女會計，是護士。林吳瓊芬根本不是在會計師那兒認識林添財，在醫院。林添財每年固定做健康檢查，碰巧離婚後的她在健檢中心輪值。

說謊一定有原因。

和林添財同居後，他安排吳瓊芬去會計師事務所做事，利用那一年的同居期，林添財成功與第二任妻子離婚。

「林添財為什麼離婚？」

「他第一任太太離婚後把兒子帶去美國，第二任沒生，林添財需要另一個兒子吧，就第三次結婚。我聽吳瓊芬說的。」

「對，吳瓊芬以前是我們醫院的護士，輪過門診、病房、手術房，後來當副院長的助理。副院長是新陳代謝科主任。」

「對不起，她和林添財的交往，同事間知道？」

「我們護士，每天在一起工作快十個小時，」她放鬆心情了，「有時很八卦。」

「她懷孕的事呢？」

「吳瓊芬對我說的，大家恭喜她。」
「她說孩子的父親是誰？」
「說啦，不說也知道，林添財常開大賓利接她下班。」
「我的問題是她說孩子的父親是誰？」
「林添財。」
讓證人喘口氣，只能喘一口氣。

「她懂怎麼處理有毒物質？」
「請警官說得清楚些。」
「她會打針？」
「當然，我們在護校都學過，哪個護士不會打針？」
羅蟄將裝在透明證物袋內的一次性針筒重重放在桌面。
「這種針做什麼用？」
「一般注射器啊。」
「能把磨碎的東西注入體內？」
「看磨得多細，看針孔多大。問這個幹麼？」
搶時間，羅蟄大步進入第三間，老丙不哭，聲音不抖，他幹譙：

「小蟲，搞什麼機車，弄點吃的來，餓了。」

「什麼，他們只請你喝星巴克，沒請你吃草莓大福？」

「嘿嘿，小蟲，別弄長輩。」

趕緊將剩下的三枚大福奉上，並再次拿出裝針筒的塑膠袋。

「能用這個將鉤吻細末注射進人體，或者注入食物？」

一手大福，一手塑膠袋，老丙脫下近視眼鏡瞧了再瞧。

「行，你意思是注射進大福對吧。」他咬掉半顆大福：「哪裡找來的注射器？」

「林家的垃圾包。」

「不是都倒掉了嗎？」

「被我翻出來。推測凶嫌用林貴福注射胰島素的針筒把鉤吻注射進林家三名死者吃的大福內。」

他再拿起塑膠袋。

「小蟲，這支針筒是一般用的，和注射胰島素的不一樣，你嘛卡好，搞什麼遊戲？」他高舉塑膠袋：「哈，瞭，沒想到小蟲徒弟超越師父，學齊老大的詐騙本事。你用這個呼攏誰？」

「等下對付林吳瓊芬。」

「嚇善良老百姓，你啃，心術不正。她會認嗎？」

「好歹試試。」

「叫我來做什麼？」

「請丙法醫檢視有無漏洞？」

「漏洞？鉤吻經過提煉，變成極小的顆粒，不是跑到荒郊野外找到一株回來用石臼磨碎，吸進注射器。既然要唬人，求你們搞刑事做事專業一點，不能鬧笑話，還是換胰島素專用的注射器比較好。」

羅蟄從口袋掏出厭頭仔買的七支針筒，老丙像挑里肌肉似的挑出一支。

「這支胰島素用的，林貴福用的是這種。小蟲，需要幫忙，明說，少搞神祕，我的心情可不二十四小時都春天。」

「感激丙法醫相助。」

「變得油嘴滑舌。聽說你們上級限期破案，齊老大很不爽。」

「我是小警官，怎麼辦？長官命令。」

「漂亮。也該給你們上上發條，不過，小蟲啊，把提煉成顆粒的毒性植物注入大福，費事。林吳瓊芬那麼高貴的女人，幹得出來嗎？」

「報告丙法醫，你自己說驗出三名死者體內有麻糬和草莓。」

「有糯米，沒草莓。草莓好消化，早屍骨不存。」

「我是按照法醫的報告，一步步跟隨線索前進。」

「小蟲，眼睛裡看到升官發財的光明未來喔。」

「被副局長逼的。」

「被逼也不能亂搞，人命關天。而且，千萬別得罪齊老大。」

「該怎麼辦？」

「哎，所以我們昺家的家規，不准當官。」

「現在，一個目標，破案。」

「是啊，升官發財在眼前，信義擺兩邊。要不是看你壓力大，小蟲，別玩老人家，老人家沒耐性。」

第四間現在有了人，她穿白尖領襯衫，翻高後領，V字形的領口跳躍的是音符，真的能見到的音符，大部分男人會隨它的旋律哼歌，直到兩旁的律師開口。

「羅警官，又什麼事？」

羅蟄事前演練過，一大步上前，雷霆萬鈞地將塑膠袋放在半露酥胸的嫌犯面前：

「認識這個吧。」

她看一眼，接著眨了十幾下眼睛，彷彿做過雷射手術，眼球乾澀。

「針筒，」年長的律師說，「怎麼樣？」

冒險，這次冒的險很大，不過事前考量過，即使失敗，損失也可承受。

「朱俊仁送草莓大福到貴府，林吳瓊芬女士收下，盒內共四枚大福。平常不吃甜食，妳難得的拆開膠帶，拉出裡面的紙製平台，四枚白乎乎的大福便在飯桌。」

林吳瓊芬眨完眼，拿手帕按按鼻頭。

羅蟄將第二個塑膠袋也重重放到桌面：

「毒性植物鉤吻，也稱斷腸草，提煉成細微顆粒能要人命。」

塑膠袋內是磨成粉末的芝麻，塑膠袋封死，接縫處貼膠帶，避免芝麻香味傳出去。

「當時林添財在客廳和朱俊仁聊天，莉塔在廚房做晚飯，妳拿了林貴福注射胰島素的針筒，將準備好磨成細粉末的鉤吻用針筒注入大福裡。」

「我們回去。」律師喊。

「妳，原本是護士對不對？」

沒有回應。

「這張照片是妳當護士與同事的合照，請兩位大律師也看看，中間這位是不是林吳瓊芬？沒錯吧。」

他們看手機上的畫面，依然沒回應。

「專業護士，本來應該利用專長照顧林貴福老先生，看來林吳瓊芬女士與公公相處不太好，林貴福注射胰島素一向自己來。」

羅蟄小心拿起塑膠袋舉向天花板，好像這樣看得更清楚。

「妳用林貴福注射胰島素的針筒將鉤吻注進其他四枚大福。妳很有把握，林貴福糖尿病嚴重，不會吃甜食。林真從小對草莓過敏，也不會吃。剩下的只有林添財，他習慣隨手摸到零食便往嘴裡送。」

小蘇敲門進來，比手勢要羅蟄出去。關鍵時刻，羅蟄學林吳瓊芬，裝沒看見。

「晚飯莉塔進廚房洗碗，林添財看見桌上的大福，興沖沖撕開膠帶，打開紙盒，拉出裝大福的紙板。他一手酒杯，一手拿起第一枚大福送進嘴。」

小蘇再進來，站在門邊，態度很焦急。羅蟄看到小蘇身後是臉部肌肉很羅漢的副局長。

「沒想到林貴福下樓要出去散步或者只是單純的下樓，林真也下樓，三個男人聊了幾句，林添財指指大福要他們吃，林貴福見兒子好奇，也許想吃一枚大福沒什麼了不起，不會過敏。林真這種年紀的男孩，哪曉得大福裡面包草莓，一口吞下。於是他們三人同時吃下裡面含有鉤吻的草莓大福。第四枚，再進了林添財的肚子。」

她的乳房抖動一下。

「我說錯了嗎？已經查明針筒、大福哪裡來，現在請問林吳女士如何取得鉤吻？」

老律師攔住原要開口的林吳瓊芬：

「什麼都不要說。」

「是朱俊仁給妳的對嗎？他正在來警局的路上，我們的警車十分鐘前到觀止研究中心拘提朱俊仁。」羅蟄裝腔作勢看看錶，「頂多再十分鐘會抵達，妳願意現在說呢，還是等他來了對質？我們在觀止發現朱俊仁研究的項目之一正是鉤吻，已經搜出提煉成微粒的鉤吻。妳用的是這支針筒對吧？稍後送去檢驗，妳覺得上面有妳的指紋嗎？」

羅蟄再將注射器推往林吳瓊芬面前。

小蘇五官皺成一團，副局長的肌肉快僵成肉乾。

厭頭仔也來了，他朝羅蟄招手。

「考慮一下回答。」

小蘇拉羅蟄到外面走廊，厭頭仔卻搶先開口：

「媽的，小蟲，朱俊仁被捕了。」

「偵一隊郭子逮了？」

「不，齊老大親自出馬逮的。」

「啊？」

費盡氣力將球帶至前場，盤過對方三名攔截的球員，千算萬算，沒算到齊老大守在球門旁，伸出大腳，把羅蟄腳下的球踢到火星。

◇　◇　◇

夢境裡仍是一片灰白的霧，不時跳出幾點微弱的紅色光影。

霧裡比平常單純許多，沒有飄的，沒有呼喚聲。轉頭時我見到熟悉的人影，他坐在桌上，四周點滿香，他在煙霧後對我微笑。

「找到回家的路嗎？」

從梁柱、布幔，四面八方全是模糊的人影，他們擺動在夜風裡，隨燭火扭曲身形。

鑼鼓聲彷彿在遠方響起，嗩吶尖銳的呼叫，後面走廊是整齊的腳步，同一節奏的踩在地面。

我轉身往外跑，腳步聲追來，咚咚咚咚。

巨大的影子罩在我的前方，拖在嘴外的長舌頭，蛇一般的在空中舞動。

想停下腳步，累了，可是停不下。

不遠處是另一個白色的人影，他也跑。我追，用足氣力的追。

「羅蟄，電話，齊老大找。他叫我轉述。轉述如下：你他媽的小蟲，給你兩個選擇：一，滾過來。二，爬過來。」

7

朱俊仁向研究中心請假，一度下落不明，齊老大在他住處逮捕歸案。以林家命案涉嫌人身分，逕行拘提。

隨即齊老大通知勤務中心叩羅蟄，持搜索票進觀止研究中心的大樓，起出的證物包括鉤吻葉片、葉梗、粉末、膠囊。小蘇至中華電信封存朱俊仁手機的通聯紀錄，初步回報，過去一年，他和林家的家用市話共聯絡五十二次，經過查證，其中四十九通是林添財在公司上班的時間，不在家。

朱俊仁不可能找林貴福老先生聊本周天氣，不可能和莉塔聊今晚菜色，只剩下林吳瓊芬和林家珍，而林家珍不在家的時間居多。

「小蟲，副局長找過你？」

「是。」

「怕我拖案子的進度？他們想伸手搞政治公關？」

「好像是。」

「不見兔子不撒鷹，我的原則，免得打草驚蛇。」

「是。」

「林太太，你怎麼辦，掛她在偵訊室裡等吃我們準備的毫不高貴便當。」

「現在朱俊仁是凶嫌，好像只能放林太太走了。」

「那個好像，這個也好像？你不是菜鳥，其他的我不多說。」

「謝謝長官。」

忽然齊老大從副駕駛座轉過臉，眉毛直豎，鼻毛鑽出鼻孔吐氣：

「你個混小子，在我背後惡搞，當刑警不是送快遞，晚二十分鐘扣薪水。急著結案？能結案我不結，留在冰箱等年分對了再開瓶？誰借你膽子？副局長？他自己的膽子早膽結石，借你能用嗎？答應升你到台北市當刑事組長？數數自己褲襠裡的屌毛，有一千根嗎？腦袋灌水泥，我拿警棍敲敲。頭伸過來！官校怎麼畢業的，起碼該分得清誰的話能信，誰的話是他媽的打噴嚏。混蛋！」

「是。」

「專案誰領導？我，還是副局長？你混球，眼睛抹牛糞，耳朵裡塞狗屎，從頭到腳全是屎。我打你的考績，副局長幫你加二十分？我他媽給你打零分，看他怎麼加。小蟲，信不信我現在把你腦袋打得爆漿，回去你還得負責洗車、換椅墊。操，急？急著去拍色情片。操，現在的年輕人到底受什麼教育，什麼也沒學會，成天就想學福爾摩斯拿放大鏡在沙發找到根毛喊破案！分得清狗毛和屌毛的差別？調你去訓練警犬，到小琉球指揮交通。」

「對不起。」

「說。」他轉回身子，「草莓大福、鉤吻，你打的是什麼算盤？」

「報告長官，凶嫌將鉤吻粉末注射進草莓大福——」

「推測。推測注射進大福，你沒找到針筒，針筒裡沒有鉤吻，大福沒有被注射過的證據，你他媽的純屬臆測。死豬頭的笨蛋，辦刑案不是叫你去找牛，黃牛、水牛、乳牛、日本和牛，不管逮到什麼牛就喊結案。」

「是，推測。」

「賣大福的漂亮美眉說盒子沒有拆開的跡象，鉤吻怎麼注射進大福？你金庸的小說看太多，隔空傳音，《星際爭霸戰》裡寇克艦長和史巴克的量子傳送？」

「我試試看，希望刺激林吳瓊芬認罪。」

「拿支假針筒叫她認罪？人家請來的大律師是紙糊的門神？凶器不是大福，我看你想吃草莓想瘋了。」

「不是大福？」

「老丙不是被你抓去吃大福？」

「他——」

「你不是說林宅是密室？」

「密樓——」

「小說裡說密室殺人最好什麼方法？」

「預置毒藥。」

「說說。」

「毒藥用蠟包住，藏在屋樑，下面人燒茶，蒸氣上竄，融解蠟，毒藥往下飄，飄進茶杯，喝茶的當場被毒死。」

「誰寫的？」

「日本作家。」

「毒藥往下飄，那麼準飄進茶杯？叫NBA咖哩小子來試試。還有呢？」

「鍋內藏進A化學品，被害人不知，以為空的，倒進B化學品，沒想到B化學品原來無毒，和A化學品混合就變得有毒。」

「誰寫的？」

「忘記。不是柯南．道爾——說不定是柯南．道爾。」

「A加B，很好，有創意。還有呢？」

「我的猜想，預置毒藥。」

「果然是刑事局未來之星。查出怎麼預置嗎？」

「沒有。」羅蟄小聲回答。

「純屬胡思亂想？」

「是。」

「延遲殺人，瞭嗎？小蟲大爺，這叫做延遲殺人。」

「延遲殺人？」

「不找個暗巷子捶你一頓，我齊富悲天憫人、提拔後進，給你一次機會，夠意思囉。」

一旁駕駛的一線三星小警員由憋在喉嚨裡的吃吃笑，爆發出來自丹田的大笑。他一定覺得當警察比當陸戰隊正點多了。

「夠。」羅蟄誠懇地說。

「猜猜我為什麼沒捶你？」

「我悶了，猜不到。」

齊老大又回身，荷葉大的巴掌不偏不倚打在羅蟄腦門。

「上面叫你別往林吳瓊芬身上查，你小子偏查她，憑這點，我覺得孺子可教，饒你一命。」

「不是故意。」

「故意什麼？」

「明明所有證據指向她，我不是故意要查她。」

齊老大眼神變得溫柔。

「就是這點，你將來可能當不了局長、副局長，運氣好，神明保庇，五十歲勉強當個縣市局長，幹三年換閒差等退休，不過脊椎骨筆直，像個刑警。」

「聽起來不很激勵人心。」

一線三星又吃吃笑，齊老大瞪得他差點把警車開進抓娃娃店。

「當官，三種人，一種百分之五十氣力應付公事，百分之五十廣結善緣，退休後進民營企業當副總經理、董事監察人，送子女到美國念博士；一種百分之九十氣力結善緣，百分之十對付公事，五十歲一到馬上退休，進保全公司當個半大不小的官，一手拿退休俸，一手拿薪水，送子女到美國念博士。」

「長官好像不是這兩種人。」

「一種百分之九十盡忠職守，百分之十給長官臭臉看，退休後打太極拳、幫老婆買菜，子女到美國讀書自己打工賺學費，念不念得到博士看他造化。」

「還是不很激勵人心。」

齊老大戳駕駛座的一線三星肩頭：

「小蟲要激勵人心。我數一二三，一起激勵人心。」

終於悶壞了的一線三星有機會開口：

「老大，怎樣一起激勵人心？」

「喊愛台灣啊，會喊吧，大聲喊。」

一、二、三，警車內傳出能震破車頂的吼聲：「愛台灣啦！」

◇　◇　◇

齊老大的破案關鍵在膠囊。

觀止研究鉤吻不稀奇，不少中藥行便賣鉤吻，治療皮膚病，觀止則研究對關節炎的療效。不過觀止新開發的膠囊引起齊老大的好奇。他找來三名藥學專家當顧問，討論一下午。

裝藥粉的膠囊一般用途是防止抗生素於吞食過程中灼傷食道，有時讓藥效慢慢發揮更能發揮藥效，若能控制膠囊在腸胃融化的時間，可以避免藥粉太快被胃酸徹底消滅。

大部分膠囊以明膠製成，就是動物皮質的膠原蛋白，經過胃，穿越幽門，在小腸內被膽汁乳化，經胃腸黏膜、淋巴系統吸收。觀止研究的是用牛皮製成膠囊，延長膠囊被融化的時間，使膠囊盡量不受太大損傷的通過胃液的考驗，成功抵達小腸再被吸收。他們相信這樣對治療關節炎，效果比往患處打針更好，患者的花費低多了。

一年多前觀止開發出能延長至兩個小時才被完全融解的膠囊，是朱俊仁的項目。觀止研究中心說明，胃部的功能在磨碎食物，它的細胞很難將營養吸收進人體，但通過胃部而進入十二指腸起，就開始分解與吸收養分。

林添財、林貴福是慢性病患，年紀大，腸胃功能減弱，推動食物的速度慢，萬一在胃部即融解，勢必減低藥效。用了延時膠囊，不會在胃腸馬上被融解，停留於小腸，以較長時間徹底的吸收，對他們的身體當然更好。

至於膠囊，來自天然食材，牛皮下的膠原蛋白，較厚，但不會如外界誤傳的傷胃。

齊老大的推測，林家三代三口人於八點左右同時中毒身亡，若膠囊的融解時間為兩小時，那麼他們應在六點，晚餐之前，吃下含有鉤吻的膠囊，也可能更早，這樣不僅朱俊仁、林吳瓊芬有嫌疑，連林家珍也可能下完毒才離開林宅。

既然鎖定膠囊，他要求鑑識中心重新過濾從林家搜出的膠囊狀藥物和健康食品。果然不錯，林添財的藥盒內找到類似的膠囊沾黏物質。

林添財最近感冒，而且一拖很多天，他覺得年紀大，免疫力減退，希望觀止能推薦增強免疫力的維他命或藥物，研究所的所長特別替他配了一組補充體力，且對視力有幫助的保健丸，每天傍晚時吃一粒，因為那時工作結束，人體已進入休息狀態，更容易吸收。

曾經詢問院長，給林添財的營養藥品是否用特定的膠囊裝？院長說沒有必要，不過都由朱俊仁經手送去董事長家，不知他用哪種膠囊承裝。

現場起出的林添財藥盒一排三格，已經服用光了，不過觀止的院長說，每格四顆。觀止配合警方辦案，鑑定出藥盒內留有延時性膠囊包裝的物質。

朱俊仁為何使用這種膠囊，則原因不詳。

林添財已吃了一個星期營養劑，覺得精神好很多，看電腦也更清楚。院長幫他再調整劑量，叫朱俊仁送去，可能其中一枚換成鉤吻，導致林添財中毒。

齊老大猜測，由於院長說開給他的是營養品，誰都可以吃，林添財吃了有用，收了朱俊仁送來的另一批藥囊，恰好三份，好心的叫爸爸和兒子也試試，使三人同時中毒。

目前無法確定林添財三人是幾點吃的膠囊，但一定在晚飯前，兩個多小時後，也就是八點左右毒發身亡。

其中必須證實的是林貴福與林真為什麼也吃林添財的營養劑，因為當事人皆死亡，腸子內均有鉤吻殘餘物。具說服力的說法是，觀止送去明明三日份的藥，藥盒內竟空空如也，莉塔不可能吃，林家珍不可能吃，林吳瓊芬要吃膠原蛋白不必跟老公搶。

關鍵證人朱俊仁，他送藥與大福至林家；關鍵證人林吳瓊芬，可能接觸林添財的藥物，又與朱俊仁經常聯絡；關鍵證人林家珍，可能探知林添財儲放藥盒的地方，她曾遭林添財數度性侵，懷恨在心，殺人動機最強。

「重新偵詢他們三人。」齊老大指示。

羅蟄聽得腎上腺飆高。

「知道膠囊的功能，不能證明膠囊殺人，殺人的是膠囊內的鉤吻，小蟲，你覺得鉤吻由誰提供，由誰加進膠囊裡，移花接木的換掉吃不死人的營養劑？」

羅蟄轉了轉眼珠，似乎只有朱俊仁有機會這麼做，可是也可能朱俊仁提供知識與鉤吻、膠囊，林吳瓊芬下的手。

「林吳瓊芬的殺人動機不比林家珍弱。」他壯起膽子回答齊老大。

「證據呢？」

「林添財的藥盒上一定有林吳瓊芬的指紋。」

「人家夫妻，老婆指紋出現在老公藥盒上，算證據？廢話。林吳瓊芬的指紋出現在你家，才叫證據，懂嗎？我講了半天，你腦殼是鈦金屬做的？」

林吳瓊的指紋出現在住處的床單上、枕頭套上？羅蟄搖搖頭，他沒有做春夢的時間。

一切只能從朱俊仁著手。

「朱俊仁，你和林吳瓊芬勾結，謀殺林添財，你下的毒，還是她？」

和偵訊林吳瓊芬不同的地方是，朱俊仁還沒請律師。

羅蟄演練了幾遍，深呼吸後大步走進偵訊室，惡狠狠的將夾鍊袋內的膠囊往朱俊仁面前用力一放。

「你送大福、送鉤吻，她將鉤吻藏進你給的膠囊內，毒死林添財一家三口。」

朱俊仁不停抽搐，由嘴角擴大到臉頰。

「人不是我殺的。」

「我沒說你殺人，我說你協助林吳瓊芬殺人。被動協助，主動協助？她向你要鉤吻，說過用途嗎？她不會知道膠囊的用處，你對她說的？朱俊仁，你到底事前知情，事前不知情？」

「人不是我殺的。」

他哭了。

他的哭和羅蟄見過的偵訊對象不同，朱俊仁張大嘴，五官擠成包子的哭，像小男生被媽媽叫到牆角罰站，覺得被母親背棄。幾分鐘後，媽媽心軟，原諒小男生，馬上小男生鑽進媽媽的懷裡再哭。哭得媽媽和兒子一起忘記最初為什麼罰站。

刑事局有的是牆角，沒有媽媽。

「你想保護林吳瓊芬？很好，這是中華電信的通話紀錄，一年五十二通電話，你的手機打她家市話，你沒她的手機號碼？她不肯給你，還是怕手機留下證據？你都下午兩、三點打去，你們約好的嗎？林添財知道嗎？」

他還是哭。

羅蟄得想法子找個媽媽。

齊老大當媽媽，他握奶瓶，不，他握一杯珍珠奶茶進來：

「你要的奶茶，來，喝茶，人不是你殺的，我們知道。」

朱俊仁捧奶茶杯抖得厲害，抖得茶液濺一桌子。

「說說過程，你怎麼和林吳瓊芬認識，怎麼想到膠囊，怎麼把鉤吻交給她，你照實說，其他的我們幫你找證據，證明你的清白。」

難得齊老大在偵訊時扮起白臉。

還是哭。

「如果你不想說，送你到檢察官那裡，照樣得說。不說，送進法庭，由不得你不說。故意殺人和不知情協助殺人的罪行差很大，死刑和五年以下有期徒刑，說不定法官見你誠實，判個兩年，緩刑。朱俊仁，博士學歷，你應該清楚。」

「欸，小蟲，別嚇老實人。」

齊老大扮白臉扮上癮了，他拍拍朱俊仁顫抖的手。

「你因為工作關係常到林家，尤其林董事長的父親林貴福身體不好，向你求助，於是認識了林太太。」

齊老大溫柔的看朱俊仁，可能和看他不想養、老婆非養不可的貓，眼神相近。

「三十三歲，未婚，工作太忙？林太太迷人哪，你愛上她，對她的要求無不盡力達成，所以她說需要藥物，你熱心的提供。鉤吻是研究所目前主要開發的新產品，鉤吻雖有毒，你們院長說對治療關節炎很有效，林太太說她關節不好？成天穿高跟鞋，痛得有時難以成眠？」

他說著，抬起右腳，膝關節發出未上油的自行車鏈條聲音。他對鉤吻有極大的興趣。

「我需要鉤吻，以前沒醫生叫我吃鉤吻，你們的研究將來救人無數。」

放下腳，他扭脖子，與關節疾病無關，齊老大年輕時練過拳擊，習慣性動作，具威嚇性。

「林吳瓊芬護士出身，醫學常識比一般人豐富，試用過你調配的鉤吻，果然有效，感謝你？你更熱心？你一再提醒她要按照你的劑量服用，提醒她鉤吻的毒性，哪曉得她用到林家一家三口的身上？如果你不肯開口，按照我們手裡的證據，直接送檢察官囉。我們的公關室內擠滿記者，警備車移送你去地檢署，朱俊仁，媒體不像我們刑警講人性、講證據、講法令、請你喝奶茶，他們的鏡頭拍你，麥克風伸到你嘴巴上，棒棒糖似的，只會問你：林家三口人是你殺的嗎？嘖嘖，新聞台每小時播一次，曾參殺人，晚上全台灣人都認定你是凶手，三公斤白蘭都漂白不了。說說實話，講出來人會心平氣和。我們開記者會說明你是證人，不是嫌犯，免得被媒體誤殺，這樣好嗎？」

律師來了，熟面孔。

「喂，齊老大，你們犯規。」

「聊聊而已，別大驚小怪。大律師，咖啡還是茶？」

「要你們出去，我有權單獨和當事人談。」

可惜功虧一簣，齊老大拉羅蟄出去。

「小蟲，我看朱俊仁愛林太太昏了頭，想當自願獻身的殺人犯，你設法查他的辦公室、住處，凡是和他有關的地方，我們說什麼也得找到林吳瓊芬與朱俊仁間的曖昧關係，才能突破朱俊仁的心防。」

「不直接偵訊林吳瓊芬？」

「暫時別動，設法再問問莉塔。」

齊老大有計畫，長官沒耐心。副局長召開專案會議，開宗明義的問：

「為什麼凶嫌進我們刑事局，到現在還沒送檢察官？」

「他什麼也沒說，罪證不足。」齊老大回答。

「不是找到膠囊和鉤吻？丙法醫那兒不是也證明三名死者死於經過改裝後的鉤吻？朱俊仁懂鉤吻和膠囊對嗎？」

「都不是直接證據，無法確定誰把鉤吻換進林添財吃的營養品膠囊內。」

「從朱俊仁辦公室搜出鉤吻與膠囊，不是嗎？」

「副局長可以推測，案子送檢察官不能推測，會被打槍。」

「缺什麼？」

「朱俊仁沒有殺林添財的動機，我們找不出他將鉤吻填進林添財服用膠囊內的直接證據。」

「動機已經找到，觀止研究中心反對開發鉤吻，關節炎的市場不大，林添財董事長已經同意停止，朱俊仁覺得開發成功說不定得國際大獎，他們搞研究工作的，得到國際認同比加薪重要。他跑去懇求幾次想挽回，林添財不理，朱俊仁甚至還巴結地送大福去拍馬屁，算殺人的動機吧。」

「太薄弱。局長年年給我考績乙等，我也沒想送他草莓大福換甲等。」

會議室一陣哄笑。

「人的個性不同，誰像你齊老大，看穿官場名利。」

「副局長認為事業不順遂，導致朱俊仁殺老闆洩憤？」

「往這個方向調查。你說缺直接證據，林添財等被害人三具屍體裡已驗出鉤吻殘餘物，朱俊仁搞鉤吻研究，全台灣唯他一人。林家命案當天下午，朱俊仁去了林家，和林添財聊半個小時，說不定他趁機換了林添財的膠囊。」

「副局長可以繼續推理，我們第一線的刑警非得有證據才行，否則請副局長自己出馬辦案。」

會議室內的人搔頭的、挖耳朵的。

「凡刑事局送出去的證據——小蟲，你說的那個英文字是什麼？」

齊老大要求羅蟄火力支援。

「Solid。」羅蟄回答。

「證據非得solid，實心的，堅固的，不能軟不拉嘰像客家灑糖粉、花生粉的麻糬。」

副局長裝沒聽見，專心看鑑識中心提出的報告。

「齊老大，你們的報告有個問題，假設林吳瓊芬因為……你們說的家暴，氣憤之下殺他老公，可是天下沒當老媽的連兒子一起殺吧？不通，不通。」

「所以說罪證不足，不能結案。」

副局長停止問答題，轉而尋求其他同事的意見。

「局長忙著應付立法委員的壓力，這宗案子全台矚目，你們嘴巴不牢，辦案過程外洩，」他扔來一份報紙，「看看今天的報紙，林吳瓊芬成了殺夫凶嫌，哭成那樣子，她不僅殺夫、殺公公，還殺親生兒子。像話嗎？齊老大，不像你辦案的風格。」

「我辦案沒風格，剩下一點點風骨。」

副局長有點接不下話的尷尬。

「齊老大，自己同事，我們當然清楚你的風骨，不過各方來的壓力大，這樣吧，我們移送地檢署，說不定朱俊仁到了地檢署，什麼話都說了。」

「長官決定。」

「小蟲，你呢，有沒有什麼補充的？」

「關於林添財強暴林家珍和林吳瓊芬——」

「與命案無關。」

「可是應該向她們再求證，做成筆錄，她們是重要的關係人。」

「小蟲，強暴案因被告當事人死亡，已經不能成案，不必浪費時間。」

「和林家的命案說不定有關——」

「叫你辦林家命案，你太閒，辦到強暴案去？除了對未亡人造成傷害，有其他意義？套用齊老大的話，我們辦案，不能沒有風度。」

齊老大咳嗽得很用力，聽得出他想掩飾本來該笑出來的笑聲。

「老大沒事？」副局長關心地問。

「沒事。」齊老大擺擺手，「老毛病，冷氣機的風大，氣管收縮。」

◇◇◇

局長下達指示，全案移送地檢，隨即於一個月後，地檢署對朱俊仁提起公訴。據羅蟄的了解，朱俊仁在檢察官偵訊過程中，繼續只說唯一的供詞：人不是我殺的。最終檢察官仍以膠囊與鉤吻為證據，認定研究者與經手人朱俊仁是凶手。

某家媒體大肆報導，形容朱俊仁為坦護林吳瓊芬，成了自願獻身的嫌疑犯。相信見過林吳瓊芬的人，多少傾向同情朱俊仁。

很難不愛林吳瓊芬，小蘇說，這女人，看看都爽。厭頭仔的電腦桌面已換成林吳瓊芬早年的泳裝照。

羅蟄一直希望能有機會與朱俊仁好好聊聊，如果搞不清朱俊仁與林吳瓊芬的關係，喉嚨裡卡了口痰，快喘不過氣的難過。

沒人理羅蟄，一道人事命令，轉調台北市刑警大隊經濟組，與林宅血案徹底一刀兩斷。

人事命令擺在羅蟄桌上，稍早一樓公布欄已貼上影本。他沒有看公布欄的習慣，換句話說，他應該是刑事局最後一個知道自己調職的人。難怪到處見到朝他點頭示意的同事。

收拾辦公桌雜物時，齊老大經過，拍拍羅蟄肩膀，原以為他會說「長大了吧」之類齊氏的鼓勵專用詞句，他說的是：

「媽的，小蟲硬起來，別希望長官講仁義道德，一切靠自己。」

不止台北市刑大，全台灣警察都知道羅蟄發生什麼事，新長官同情地准許羅蟄上任前先休假，他對羅蟄說：

「小蟲，好好去喘喘氣，當刑警的負責證據，不負責是非黑白，那是法官的事，我們不是包青天，勉強算張龍、趙虎，長官下命令，我們跑步逮人就是了。」

羅蟄跑步。

一個月前內湖分局悄悄傳這個地址進他手機，一直徬徨該不該來。老丙的話記在腦海，伸出腳，邁下去。

內湖一處新建大樓的工地，他穿看起來三年從未洗過的藍得泛灰的牛仔褲、貼黃色反光膠帶的背心，拿根紅棒子站在工地前指揮水泥車、砂石車進出。羅蟄上前打招呼：

「跟我回家一趟。」

「別煩我，要回你回。」

「你就這樣混日子？」

「不管我怎麼混，不關你羅蟄的事。」

羅蟄不能再放棄，雖然最近他不能不放棄的事物太多了。

「跟我走。」

「別碰我。」

紅棒子敲在羅蟄手腕。

「回家，多少年的了，你不能不回家。」

「少管我。」

工地內的工人不像看熱鬧，像聲援的打手，個個面露殺氣的包圍羅蟄。

「我是警察，退開。」

才舉起服務證，棒子又揮來，羅蟄閃躲，他的手鬆了，紅底的服務證飛在半空，飄了幾下，他撲上去接。接到服務證，整個人卻已摔進泥漿。

雨鞋踩進泥漿，踩在羅蟄臉前：

「聽到沒，少煩我。」

羅蟄仍趴著，虛弱地說：

「羅雨，回家，你不回去，我也沒臉回去，我沒辦法看阿爸、阿母期待的臉孔，他們等你等了多少年啦。」

「我和他們的事，跟你無關，不要再來找我。」

羅雨轉身走開，工人散開，羅蟄剛爬起身，另一輛載滿沙石的卡車駛進來，輪胎掀起另一波泥水，不客氣的濺得羅蟄一身。

十八歲前沒想過羅雨的人生與羅蟄有何瓜葛，不就是個跟屁蟲的弟弟，十年後，他深刻體會，若不扛起羅雨的人生，他的人生將缺少一大塊。

還有爸媽的。

從內湖穿過民權隧道，步上民權大橋，羅蟄走了一下午，情不自禁又思考昨晚同樣的夢，他飄在夢裡，周圍的人也飄，有人呼喚他的名字，卻怎麼也找不到喊他的人。

跑在他前面的是誰？

夢作多了，找出對付夢的辦法。他在夢裡問自己：這是夢嗎？然後努力睜開眼。花很大力氣，他得甩開壓在身上的灰濛濛的無形重量，用力地以發不出聲音的聲音開罵，好不容易醒來，枕頭濕了。

為什麼總有人呼喚他？

第三部

逐漸有人喊他囝仔仙，北部大學來了一組人想了解他在起乩時說的語言，好幾台電腦慢速播他講的話，留鬍子的教授和阿伯討論，認為不是一個人的聲音，在聲音的背後有另一種聲音，兩者交疊使他的聲音變調。

兩種聲音的背後是空洞的背景，像在空曠的山洞裡，嗡嗡地回應每一個字。

同時拍攝的錄影帶，教授也放慢速度重播，畫面內只有男孩，奇怪的是男孩拉出顏色很淡的殘影。

教授肯定地表示，男孩每邁出一步，共出現十八隻腳，一隻追一隻。他以前沒見過類似的情況。怎麼拍、怎麼錄，找不到上男孩身的千歲王爺。

男孩清醒後坐在攝影機前，他說剛才作夢，裡面的世界什麼都慢，光線、顏色都慢得有如某種力量把世界往後拉。好像見到長鬍鬚、戴高冠的男人撫摸他的頭，摸的方式比阿爸還阿爸，熱氣從頭頂流遍全身。

「說不定現有機器的速度不夠慢，要很慢很慢也許能看到另一個世界。」教授說。

「另一個可能，鏡頭模仿人的眼睛，說不定不能用眼睛看，得用另外的器官看，就看得到。」

「什麼器官？」

「腦。不然為什麼你作夢的時候看得到，醒了就看不到？」

教授找來醫生，檢查後說男孩在起乩後，血壓與體溫並未因激昂動作而上升，反而下降，不過稍微休息後即恢復正常。

醫生的結論，小孩的體溫本來就變化大，沒到值得擔心的地步。

阿爸後來拒絕教授想把電線貼在男孩身上的主意，他發抖地說：

「是我兒子，要研究，去找你自己的兒子。」

廟祝阿伯聽阿爸的，請教授他們離開，男孩幾天後收到寄來的錄影帶和錄音帶，阿爸不准他看，讓他聽。男孩喜歡聽聲音，聽得出背景裡有風，有雨，他想像雲和山穿雨鞋走路，橡膠鞋底磨擦地面的咔茲咔茲。

很多話只能對阿伯說，他們坐在傍晚的廟前廣場，看雲彩慢慢的變化，真的和夢裡面的差不多。阿伯耐心的聽，他從不表示意見，微笑地聽。

所有東西放慢速度，和本來的不一樣。放慢不同的速度，出現不同的感覺，像很多看起來一樣、其實不一樣的世界排在一起。

那麼世界不是一個，很多個？

男孩的困惑未得到解答，倒是阿伯遞來剛削好的芒果。

如果不是羅雨，他的人生可能不一樣，但羅雨已存在，其他的就不重要了。

問過神明，十七歲那年他幾乎每天擲一次筊，永遠是兩個正面的笑筊。神明笑笑不答。直到他決定離開宮廟去台北念書，神明給了明確的答覆：聖筊。

1

北門的鹽場早不曬鹽，方格形的鹽田堆出幾處三角形的鹽堆供觀光客拍照，號稱台灣十大私房景點。坐在興安宮外的矮牆，看幾十名業餘攝影師等著夕陽以最佳角度進入他們的鏡頭。

雖然羅雨不肯回家，羅蟄回家了。

爸媽沒多說什麼，十一點進門，十二點半，魯肉飯、紅燒肉、菜脯蛋、虱目魚湯擺滿一桌給兒子補身體，提也不提二兒子羅雨的事，羅蟄更沒呆到說出家裡禁忌的名字。

老人家不習慣用言語表達感情，用其他方法。阿爸明明酒量不好，卻一杯接一杯，等到炒山蘇熱騰騰上桌，已然將自己灌醉。阿母則將對二兒子思念，化成強大的卡路里，一股腦塞進大兒子的碗內。

對爸媽總有分說不出口的虧欠，沒如他們所願的念醫科，去台北念警校遠離家園，畢業後又不肯調回台南警局。幾年前羅蟄剛找到羅雨，想拉他一起回家過年，因羅雨的頑固，搞到最後連他也找藉口留在台北。

扛阿爸上床，輕，糖尿病使老人家掉了二十公斤，大姐便寧可請褓姆，不肯將子女送回台南給爸媽照顧，怕累壞他們。

子女先後北上，鄉間剩下老人家，悠閒裡透著寂寞。

糖尿病不聲不響躍居台灣十大死亡原因之一，患者占台灣人口的百分之八，估計兩年後將高達百分之十。羅蟄發現最近他周邊盡是糖尿病患者，死的、活的，他不敢問爸的狀況，媽也不提。

很少回家的兒子，問這有何意義？

調回台南呢？待在小小的北門分駐所，每天騎自行車巡查小巷弄，提醒老人家不要輕易匯錢給手機裡的陌生人，逮兩個嗑藥小鬼，說不定娶阿姑幫他介紹的女人，生兩個孩子讓爸媽高興。

網路上說，兒女盡不到的孝道，孫子可以。

陪阿母洗碗，從小時候說到高中，她講到宮廟自動停止，好像羅家所有甜美的回憶只到羅蟄十七歲，之後的，大家選擇遺忘。

電視裡的宮廷劇不知演什麼，替睡著的阿母蓋毯子，羅蟄回到他與羅雨的房間，沒有改變，羅雨的床頭掉色的相片是他五歲與哪吒三太子的合影，看他張大嘴笑，嘴裡能裝進五噸陽光。

羅蟄愧疚地回想，在成長過程之中，做哥哥的他真是弟弟的朋友？當初感覺到羅雨的羨慕、期望嗎？

誰都沒怪過羅蟄，錯在羅雨，無人能挽救，可是羅蟄明白，他能，他卻沒做，任由羅雨縮在一角，他連拉弟弟一把的手也沒伸。

羅雨離家那天，阿爸拿著他留下的信，一下子垮得跌坐地面，阿母蹲著抱他哭，羅蟄做了什麼？他將手中馬克杯用力擲向牆壁，晚上誰將碎片掃乾淨？

是阿母，永遠是阿母。

不抱怨羅雨，不罵羅蟄，她用枯瘦身體內僅存的力量緊緊抱住恍如失去神智的爸。

羅雨留下兩行字：

我走了

你們別找我，拜託，別找我好不好。

沒寫留給誰，當然留給爸媽，羅蟄則覺得是留給他。

這是羅蟄替自己找盡理由不回家的原因之一。掩藏愧疚。

床頭的M六〇戰車模型已落厚厚的灰，他和羅雨一起做的第一組模型。他們做過十多組，羅雨走的那天，羅蟄摔完馬克杯再摔模型，直到抓起M六〇他停住手，這是他和弟弟的回憶。

時間不動，人動，他可以轉身，走回過去，找回羅雨。回去的旅程會艱辛，如果不回去，就永遠回不去，而後被時間掌控。

人若不動，時間就動了。一旦時間動起來，它快得令人沒有追趕的機會。羅蟄相信與羅雨會有和解的一天，也許那時兩人垂垂老矣，拿懊喪下酒，夾兩口無言配飯。

老同學，學甲分局的老夏傳訊息，請他吃飯：

「小蟲，你屌，我們等著聽你講和刑事局長鬥法的八卦。」

羅蟄推了，難得假期，不想談八卦，看看夕陽吧。

怎麼也沒想到，背後有人喚他：

「小蟲警官，晚上你請我吃飯。」

林家珍，她的頭估計兩個月沒剃沒刮，長出拇指長的短髮，抽象畫似的抹了幾撮顏色，深淺不同的綠，陽光的照射下，差點讓他誤以為是棒球場的草皮。

「怎麼知道我老家在北門。」

「你警察可以調查我，我老百姓，可以調查你。上火。欸，警察都不是普通的笨。不是叫你去買青草茶降火，打火機，打火機！」

她菸抽得狠，非得深深將尼古丁、焦油吸進肺部每個角落，徹底汙染靈魂不可。她兩頰陷下去的狠狠抽。

「只剩兩根菸，加減過日子，我們play。」

羅蟄只好抽她的口紅印，沒水果味道。

「林家的案子已經提起公訴，妳和妳媽還好吧？」

「我媽的事，你問她。我，老樣子，想法子能不畢業就不畢業。」

「呃，不畢業已經成為另一種就業？」

「可以這麼解釋。」

「妳媽住西華，妳還是不去？」

「莉塔回印尼了，她嚇怕。林吳瓊芬女士有room service，不需要外傭。你們少了一名嫌犯。」

「台南沒嫌犯，有鹹粥。」

林家珍扭頭看他，噴出一口煙。

「小蟲警官講冷笑話，老百姓凍得蓋棉被。」

不夠幽默的女孩。

「找我做什麼？」

「閒得無聊，出來透氣，不小心到這裡，騎得我腰痠背痛。」

羅蟄扭頭看到路邊停的小摩托車。

「騎那個？從台北？」

「騎那個。」

「走省公路？」

「有路就走。」

「一定有事。」

「小蟲警官，你挺不會把馬子，這麼漂亮的地方，早該約我來看夕陽，太陽下山那刻打打kiss，天黑前抱我進房間。」

落日恰好掛在鹽堆上方，映在鹽田的水裡。從小到大生長在這裡，不覺得，林家珍的提醒，羅蟄腦子變得清晰，對，他錯過的東西真不少。

「我請你弟羅雨吃飯，算還你上次請我。」

「羅雨？他讓妳請？」

「我去工地，對他說，小雨哥，作夥呷飯。」

「他就跟妳去？」

「我說，小雨哥，你的小蟲哥人還ＯＫ，請我吃飯，我請你算還他。」

「小雨吃得下去？」

「小雨哥酷，一句話沒說，嗑掉兩客牛排，夜市的，鐵板、番茄醬、黑胡椒醬、螺旋麵、荷包蛋。蛋煎過頭，我愛濃濃的蛋黃汁和麵拌在一起。」

「他很久不肯和我說話。」

「我問他，喂小雨哥，配冰紅茶還是冰可樂。我說雞巴毛，喝啤酒好了，討厭可樂。我去隔壁Seven拎兩瓶啤酒回來配牛排。」

她對著鹽田的落日吐煙，逆光的鹽堆如同小山，冒出淡淡山嵐。

「吃完他走了，騎自行車，破到零件隨時掉滿地的自行車。他往西，落日和你們北門差不多大，比高雄的小，夾在噁心的破大樓中間。他騎得搖搖擺擺，如果他夠力，我猜可以沿南京西路騎上落日，朝太陽的岩漿插他家建設公司賣房子的旗子，免頭期款，史上最低利率。」

「回到主題，他跟妳說什麼？」

她看興安宮一眼。

「就這間廟，他的心留在這間廟，你的心也留在這間廟。」

「不是這間廟。他對妳說的真夠多，不太可能，不是羅雨的個性，他從小起話不多。我爸說哪天他選上市長，頂多回家說：阿爸，你有沒有不穿的舊西裝，借一借，當市長得穿西裝，煩。」

「對，他沒開口。人不開口，一樣能表達意思。靠，小蟲警官，我千里迢迢來北門，風霜雪雨的，早飯沒吃，中飯沒吃，汽油沒錢加，肚子餓，晚上大概只能睡濕漉漉的田裡。請我吃飯再幫我找張床。」

「到我家吃吧。」

「有吃的就可以。」

「不能到我家，妳可能害我爸媽精神錯亂。我爸是小學老師，我媽以前是鄉公所戶政公務員，他們禁不起太大的衝擊。」

「話都是你說的。」她摸摸頭上棒球場的草地，「不去你家是不錯的選擇，最怕跟大人講話，累，我們吃沒衝擊的。」

◇◇◇

吃另一種蚵仔麵線，不勾芡，很多蚵仔，蔥花幾乎把盤子蓋滿。喝另一種啤酒，透番茄汁，她說古早南部人這樣喝啤酒，很營養。羅蟄喝一口，差點反胃，再喝第二口，第三口。

羅蟄找了間民宿，透天的二樓，前面陽台能在清晨見到台灣海峽。

「台灣海峽，聽起來和歷史、地理牽扯，我喜歡。」

「妳比之前開朗多了，遇到什麼好事，決定收下妳媽分妳的遺產？」

「小蟲警官又想騙嫌犯認罪。職業病。」

她躺在床上，嘴角銜最後的那根菸。

「不要臉的老頭掛了，不要臉老頭的老頭掛了，不要臉老頭的兒子掛了，不要臉的房子聽說要賣，我的世界一下子什麼也不剩，空了。」

「還有妳媽，報上她的照片看來很憂鬱，就算不在意林添財，林真是她兒子，和妳一樣，親生的。」

「她兒子，林真的林和我的林不是同樣的林。」

「妳弟死，不難過？」

「想出國，沒錢，我是全台灣二十五歲以下最窮的女生，一間欠兩個月房租只能煮泡麵的木板隔間小套房，一輛向朋友借來的破機車，不敢喝Seven的美式咖啡，愛惜地抽最後半根菸。儘管如此，我還是決定出國。」

「為什麼不向妳媽要錢？不是以前妳也向妳爸要？親生的爸。」

「先去布魯塞爾，下飛機見到的第一家酒吧起，每家酒吧喝一杯啤酒，喝到柏林。要是沒醉，進波蘭喝伏特加，喝到海參威。要是還沒喝醉，飛去日本喝燒酒，一路喝到北海道。北海道北邊的網走有個冰封的監獄，看鄂霍次克海，半夜不能睡著，一不小心睡成大冰棒。我在監獄裡面喝到掛，到時通知你去保我出來吃殺西米配札幌啤酒。」

「到時我在台北市刑大忙抓小偷和詐騙集團，市刑大預算有限，不會幫我出機票錢。」

她吐口菸，向羅蟄伸直兩手：

「小蟲，上來，幹我。」

海邊的透天民宿周圍沒有霓虹燈，倒是有蛙鳴和蚊子。路燈可能壞很久，方便居民更清楚的數天上星星。

「看，我都M腿了。」

她張開遮不了多少肉的破爛短牛仔褲。

羅蟄雖然習慣林家珍跳躍式的說話方式，這次照樣被嚇到。

「妳不是討厭男人？」

「永遠討厭。今天晚上到現在為止，例外，你好命。我又聞到香味，媽的，我聞到香味，非軋你不可。」

她已經開始脫掉上身畫越戰時期和平標誌的洞洞T恤。

「不行，我是警察。」

「警察打手槍不打炮，讚。那你自己打手槍，我幫不上忙。」

「沒這樣打炮的，我又不是按摩棒，按開關，咚咚咚找老鼠洞就鑽。」

「老鼠洞，你開始欠扁了。別的男生哈死我的洞。」

「別鬧好不好，打炮前需要情調。」

「警察規矩太多，小蟲警官是virgin。」

「原則，男人有男人的原則。」

「小蟲警官的初戀留在北門，清純得和日出的光線一樣，留在小蟲警官忘不了的回憶，是道士畫的符，貼大門上面：諸鬼勿入。」

「羅雨的嘴巴真大。」

「小蟲警官可以把我當成初戀，可是他寧可等一下回家後悔。」

她穿小小、透明沒有內襯的胸罩，轉個身向牆壁，一手高舉香菸屁股。

「明天早上叫我，早餐隨便。沒菸了。我們去那間廟。」

「哪間廟？誰告訴你的？羅雨？」

羅蟄接過菸屁股，那隻細細、彎曲的手臂，無聲地落下。

◇　◇　◇

她小口小口就著湯匙吃鹹粥。

羅蟄騎她斑駁的鮮黃色小機車兜了整個北門區，加油、打氣、修剎車、換機油，還買了牛肉湯、魚丸湯、菜粽、荷包蛋飯糰，忽然問他覺得，如果讓林家珍陪齊老大吃早飯，應該棋逢對手。

「昨天晚上妳說的廟，誰告訴你的？」

「啊，昨天晚上，小蟲，你錯過好機會，我安全期，再兩天就是我的period，一向準時。」

「羅雨對吧？奇怪他怎麼會對妳說這個？」

「不但安全，我在period前兩天特別激動，打雷下雨狂風冰颱，規模七的地震，不用花時間前戲，會叫得台南市消防局出動消防車和救護車。」

「一大早，小姐，而且我們正在吃飯。被打敗。」

「我把你的牛肉湯喝完了。」

「沒關係。」

「我把你的菜粽也吃完了。」

「本來都是買給妳的，我吃水煎包。」

「小蟲警官人真好，人民的溫柔褓母，不幸太那個，昨天晚上你應該幹我，可惜了。」

「我不可惜。」

她停下湯匙認真地看羅蟄。

「你變了，以前你不會說這種話。」

「哪種話？」

「我不可惜的話。」

「以前我說什麼？」

「你說，」她將湯匙伸到太陽穴，「報告長官。」

「有嗎？」

「報告長官，我今天晚上不幹女生，怕被逼婚。」

「能不能別再說那個字？」

「你喜歡林吳瓊芬女士，所有男人都喜歡林吳瓊芬女士，從早到晚想剝掉她的衣服，躲在公共廁所摸自己牛仔褲裡的小雞雞，想像五百種姿勢軋她。」

「救人啊，做愛被說成擺地攤賣水煮花生米。」

「林吳瓊芬穿蕾絲邊34F奶罩，腰圍才二十三，男人的臉埋進她兩個奶子中間，憋死都甘心。」

「夠了吧。我喜歡同年齡，像女生的女生。」

「大家喜歡青梅竹馬，而且一直沒機會上床的青梅竹馬，留下遺憾以便每天幻想，有天青梅竹馬就變成空洞的永恆偶像。」

「到底羅雨對妳說了什麼？」

「男生十六歲初戀，愛上隔壁班女同學，不敢開口搭訕，跟到人家的家，不敢按門鈴。」

「隨便妳說。」

「等人家去台北念大學，男生站在車站外面，遠遠、默默、恨恨地送行。誰都忘不了初戀女朋友。」

「再說啊。」

「沒想到遇林吳瓊芬女士，從此晚上在床上想，早上醒來想，內褲撐得快破掉，找到機會藉口辦案去看她，看到又什麼都不敢說。幫你們男生說：林阿姨，我不行了，喔喔，能不能借摸一下——」

「喔喔，林女士，能不能說說妳女兒到底哪裡有問題。」

「小蟲警官終於臉紅，你喜歡林吳瓊芬女士，和其他男人一樣。」

「妳媽，動人的女人，這樣可以吧。不過林吳瓊芬可能是凶嫌，當警察，看她的角度和其他男人不同。」

「林添財被殺，我有動機，我也是凶嫌，勸你好好看眼前我，活跳跳的。胸不大，挺；皮膚不白，彈性佳。」

「現在誰是凶嫌都沒意義，唯一的凶嫌是朱俊仁。」

「小蟲警官是存在主義的信徒，有凶手有屍體即存在。」

「說，妳怎麼知道廟的？羅雨真禁不起女色的勾引，哎。」

「一間小小的廟，兩個小男生在廟裡長大。」

「到底吃飽沒？」

「可以帶飯糰路上吃，出發。」

她抓起哆啦A夢的安全帽。

「我沒說要去。」

她已經坐上小噗噗用力加油門。

2

永隆宮在鹽田的另一頭，羅蟄騎快被壓垮的小噗噗，林家珍坐後座，上半身朝後仰，裝成被風吹得快飛出去。

不敢讓她騎，鄉間很少紅綠燈。

「風吹好涼快，這樣就對了，像南部。」

「北部沒風啊。」

他們經過水晶教堂、學甲分局北門分駐所、錢來也商店，兜到烏腳病紀念館，林家珍沒有觀光客的興奮，她把羅蟄抱得緊緊，時不時往他背心搓揉胸部。

「沒有高度，有熱度，絕對少女的堅挺。」

「喂喂，我騎車。」

「沒喝酒，不怕。」

「怕妳。」

「小蟲，如果我們一直騎下去就好了，昨天我從台北騎下來，一個人，好孤單，應該找你一起騎。」

羅蟄沒回答，他很難回答。

「乾脆今天騎到底，騎到鵝鑾鼻和巴士海峽，看有沒有船載我們去菲律賓，再去印尼。」

「菲律賓有妳想喝的啤酒？」

「麥克阿瑟那樣跳島，這個島到那個島，然後我們到澳洲，騎在沙漠當中，兩邊是蹦蹦跳的袋鼠。」

「妳借來的車子騎到高雄就散了。」

「說不定再去紐西蘭，過了紐西蘭是南極。現在南半球快冬天，凍得你小雞雞縮進小腸，我們去看企鵝。」

「我的小雞雞和企鵝為什麼連在一起？」

「都是家禽。」

「沒聽過誰家養企鵝。」

「別吵，從南極再去阿根廷，那裡的牛排用公斤計算，搭紅酒不錯，搭啤酒也很好。」

「最後去美國，被川普的圍牆擋下來。」

「雞和鵝，浪漫一點，小蟲，當警察也可以浪漫。」

「我們到了，還在台南市的北門，沒離境。我看到三隻雞，沒有鵝。」

三隻雞躲在汽車的陰影下，牠們怕曬黑。

永隆宮建於嘉慶二十一年，一八一六年。

「靠，骨董。」

祖先移民到北門，大多捕魚為生，遇到海難時常受神明救助，有天他們夢到一名老人來告知，救他們的神明是溫府千歲與廣澤尊王，大家集資蓋永隆宮，以示感恩。

溫府千歲本名溫鴻，山東人，為唐朝開疆闢土，與同儕並稱三十六進士，不幸於海難喪生，追封為王爺，代天巡狩。廣澤尊王本名郭忠福，福建南安人，歷史上著名的孝子，宋朝時受朝廷敕封而成神。他們隨先民渡過黑水溝來到台南，保闔境平安。

「我覺得你是溫府千歲的替身。」

「隨妳猜。」

「我猜得很準。」

羅蟄停好車，廟祝阿伯剛好走到廟外，兩眼瞪得大大。

「阿伯，羅蟄啦。」

「羅蟄喔，後面是你弟弟羅雨？」

「我是他女朋友，叫林家珍，請多多指教。」林家珍喊。

必須制止林家珍，她隨口亂說，庄腳人當真，一旦傳到爸媽耳朵，羅蟄就要面對充滿柔性的反覆疲勞式偵訊。

「朋友，她是普通朋友。」

阿伯沒多問的轉身進廟，可能和林家珍取下安全帽露出她的頭髮有關。一生守在永隆宮的廟祝阿伯，很難接受也懶得適應草綠色三分頭。

「去，秀給我看。」

「秀什麼？」

「跳仙步，講仙語，起乩。」

「奉神明的旨意辦事，不是秀，而且不是想跳、想說就能做到，得神明有話想對信徒說，透過我傳達。」

「我是信徒。」

「妳不是信徒，起碼妳現在不是信徒，妳存心搗蛋。」

她咬咬嘴唇。

「我們進去拜拜。」

「不拜拜。」

「你的家鄉，你的溫府千歲，要拜拜。」

「不拜拜。」

「我求姻緣，你求升官發財。」

「羅雨沒對妳說？我不拜拜。」

「求求你。」

「我已經很久沒進廟，神明不要我。」

◇◇◇

羅蟄十八歲以前，不上課的時候就待在宮裡，他是廟祝阿伯順仔的徒弟，也是溫府千歲的徒弟。到廟裡玩，突然的神明上身，阿伯說他有慧根，被溫府千歲挑中，永隆宮之前十七年沒有乩童。

重新回想，究竟和溫府千歲是什麼樣的關係？若沒有乩童，神明空有神力沒辦法幫助信徒，很悶？

所以和溫府千歲間，彼此依賴？

「以前沒認識過乩童，一定很好玩。表演一下用鐵針穿臉頰、走刀山。這裡沒有刀山，你拿刀子砍身體。」

「我不來那套。」

「小氣。」

本來羅蟄不知夢境裡的人是溫府千歲，第一次起乩是他在廟裡玩，和幾個同村小朋友追來追去，忽然就——

廟祝阿伯說的，羅蟄跳起仙步，和小男孩平常嬉戲的跳不一樣，腳抬得很高，類似戲台上演員穿官靴走路大跨步，嘴中講仙語。廟祝阿伯錄下音，羅蟄聽了嚇一大跳，不是他的聲音，而且一句也聽不懂。

溫府千歲文武雙全，三十六進士出海遇難時，逃得性命的船員說，海上仙樂處處，紫氣飄蕩，證明溫鴻升天為神，日後保庇行船人。

溫府千歲不鬧宮廟，透過羅蟄與廟祝阿伯平靜地處理信徒的疑惑，過年過節，信徒送青菜、水果，羅家吃不完，爸媽乾脆送來宮廟，請阿忠師辦桌，與鄉民分享，好幾年溫府千歲生日，比媽祖婆的更熱鬧。

羅蟄的日子風光，走趟菜場，每一攤都請他。阿爸罵他招搖，特地進永隆宮與廟祝阿伯商量，請溫府千歲好好管教契子。

當乩童，羅蟄對自己做了哪些事，記憶模糊，不過每當跪在溫府千歲神像前，他浮燥的心情馬上平靜，念書的腦子也清醒，從小學到中學，功課始終維持班上前三名，沒讓當老師的阿爸操過心。

溫府千歲拿個框框將羅蟄限制在裡面，不能做壞事，否則受罰。也像老師，不帶表情地陪羅蟄做功課。

「那時的感覺不錯，妳的心有沒有安定過？亂七八糟的事情都被擋在外面，做好自己的事就好了。」

「我一向這樣，沒什麼了不起。」

想起姓王的董事長，事業不順，醫生診斷他罹癌。廟祝阿伯請溫府千歲，羅蟄跳了很久，晚上睡覺小腿抽筋。阿伯事後說，溫府千歲指點王董事長往北方去，他真的聽話，帶家人一路開車到苗栗，忽然車子不動，當即決定賣掉台南的工廠，在苗栗當地找塊田當農夫。

開了刀，癌細胞一直沒再出現。

有時羅蟄頗得意，他居中幫過不少陌生人的忙。

事情的變化發生在十七歲那年，要升高三的夏天。

不是羅蟄發生變化，是羅雨。

羅雨在永隆宮前也上身，又跳又叫，廟祝阿伯趕緊拉他拜拜喝符水。

仔細追究，羅雨四、五歲跟著羅蟄到永隆宮玩，若是被神明相中，沒什麼好奇怪，廟祝阿伯說他以為羅雨也是囝仔仙，觀察一陣子覺得不對勁，羅雨是好玩，學羅蟄起乩，假裝的。

小兩歲的羅雨也十五歲了，夏天的那次神明上身，事情鬧得很難收給，連續三天神智不清盡是跳叫。

阿爸被嚇到，沒有小孩能這樣不停的跳呀叫的，晚上連覺也睡不穩。廟祝阿伯向溫府千歲、廣澤尊王請示，仍是溫府千歲出面，透過羅蟄說明，羅雨假裝神明上身，惹來過路陰靈趁機附體，如果不妥慎處理，羅雨的身體吃不消。

宮廟關上大門，廟祝阿伯秉承溫府千歲指示，替羅雨驅邪。

日後北門人口中的羅氏兄弟鬥法，指的就是溫府千歲透過羅蟄，驅趕羅雨身上的陰靈。

「我對不起羅雨，那時候我也小，弄不清怎麼回事，阿伯叫我做什麼我就做，還好把羅雨救回來。」

羅雨中邪的過程驚悚，不過一個月，瘦得剩三十多公斤，兩眼凹陷，晚上出冷汗還尿床。

「後來聽我爸媽講才恍然大悟，羅雨覺得我當乩童，大家尊敬我，到處有人送禮，吃東西沒人收我的錢，他被忽視，也想讓神明附體，不輸我。本來他假上身，學我跳，學我亂講仙語，哪想得到路過的陰靈找上他。」

折騰近兩個月，陰靈終於被趕走，羅雨從此躲著羅蟄。

「可能他覺得不如我，很丟臉。其實羅雨比我聰明，以前功課很好。我對廟祝阿伯說害羅雨差點沒命，我不要再當乩童，阿伯沒說好也沒說不好，只說溫府千歲很疼我，叫我自己對祂說。我在溫府千歲面前擲杯，連三次都笑杯，阿北沒有表情說，羅蟄，你可以走了。」

「懂，從此你不肯拜拜。」

「妳不懂，其實不是我要走，是神明不要我了。」

南部鄉下的宮廟比都市的嚴謹，每間廟有其範圍，永隆宮一樣，四周布置五營將軍，東營青龍、南營朱雀、西營白虎、北營玄武、中營由中壇元帥統領，路邊見到掛青、紅、白、黑、黃旗的小廟就是五營將軍，驅逐瘴癘沼地裡的無主鬼魂。羅蟄上學、放學刻意躲開宮廟和五營將軍，得繞一大個圈子，為此，暑假結束他轉學到市區。

「離開北門的晚上，我對永隆宮的方向拜拜，對不起溫府千歲，祂不想再見我，我也不敢再進去。那天起我常做同樣的夢，很短，不是可怕的夢，是有人在夢裡找我的夢。」

羅蟄一口氣講完，心裡覺得順暢多了。

「神明找你。」

「本來以為是，後來覺得好像不是。」

「神明不找你。」

「我找自己。」

「哇，酷，小蟲，你酷。」

「我覺得對不起羅雨，大家的關心全給了我，忽略他。」

「難怪你身上濃濃的香味，原來是廟裡燒香的味道。」

「妳怎麼喜歡燒香的味道？」

「以前我不想回家，死老頭的家，放學沒地方去，附近有間小小的媽祖廟，我躲在裡面，天天聞香味，可以接受。你身上的味道，讓我想起小時候。」

「有安全感對不對？」

「熟悉。」

羅蟄抓自己的襯衫聞：

「聞不出來。」

「鼻孔長痔瘡。」

「聞到妳的味道。」

「奶香味。」

「剛才的菜粽味啦。」

難得林家珍沒回嘴，她起身抓羅蟄：

「我們進去拜拜，說你回來了。」

羅蟄按住林家珍的腿，他們坐在永隆宮的廣場外，這是十年來最接近溫府千歲的一次，他知道溫府千歲會原諒他，但還不是他進去的時候。

「會回去，不是現在。廟祝阿伯明白，不然他不會轉回廟裡。」

「我覺得你會回去看溫府千歲，帶羅雨一起去。」

很難。羅雨高中的功課一落千丈，到高雄念大學沒念完，人不見了，直到羅蟄警察大學畢業，多方打聽，在三重找到。羅雨不願見他，見到羅蟄就跑——比陌生人還不如，陌生人能聊五四三，他和羅雨連話也沒辦法講。

「羅雨的自尊心很強，遇到我，他的自尊心沒了，妳說我怎麼辦？」

「不如我和林真，我以前常扁林真。」

「要是我能扁羅雨就好了。」

「幫你扁。」

「羅雨到底對妳說了什麼？」

「啊。」林家珍伸了個好大的懶腰。「太熱了，我們去市區吹冷氣。」

「不想。」

「告訴你，羅蟄，你已經拒絕我兩次。我們清純少女也是有自尊的。」

「如果拒絕妳三次呢？」

「會死得很難看。」

羅蟄沒空理她，手機傳來訊息，他看了看，將手機伸到她面前。

「妳媽的事情，她辭去合良的董事娘了。」

「管她。」

小蘇傳來訊息，林吳瓊芬今早辭去所有合良的職務，她什麼也不要，連林家的房子也不要，她宣布將出國散心，從此與林家概無瓜葛。

猜想分家產的事棘手，林添財唯一的兒子死了，但還有姪子、親戚，有的在董事會內，有的想進入董事會。

林吳瓊芬把林添財留下的個人產業與保險金全數捐給慈善機構，沒說明原因，羅蟄猜得出，她受夠了吧。

「回台北？」

「好無聊，才剛來。」

「還是騎車回去？」

「我同學的車，一定要騎回去，沒錢賠她。」

「我陪妳騎回去好了。」

「耶！報告小蟲長官，這才是真正的人民褓姆。」

騎小噗噗回台北，羅蟄沒罵出已到嘴邊的髒話，不能上高速公路，兜省道和縣道，至少三百公里，大概騎到椎間盤突出。

3

法庭爆滿，台北地院擺出三名法官的合議制，隆重地對付台北地檢對朱俊仁涉嫌殺死林貴福、林添財、林真命案。媒體的大標題是：

法官能拿朱俊仁怎麼辦？

羅蟄一直留意案情的發展，朱俊仁的公設辯護律師是活躍於人權運動的蕭炎，私下檢調警稱他為「消炎丸」，意思是和他交手太多次，恐怕吞下的有毒物質太多，得洗腎。

蕭炎的辯護一向大膽，原本以為他會朝誤送藥物的方向躲開謀殺，沒想到果然「消炎丸」，辯護直截了當：無罪。

立論點主要是檢方提不出朱俊仁送足以致人於死鉤吻膠囊給林添財等三人的直接證據。鉤吻雖由朱俊仁負責研發對抗關節炎，可是觀止中心的人員，誰都可以進出他的研究室，膠囊則更非祕密。既然檢方無法提出充分的證據證實朱俊仁以鉤吻置於膠囊再送到林添財手中，憑什麼起訴朱俊仁。間接證據證實另一個間接證據，蕭炎表示：

「法律不是蝴蝶效應，牽拖一卡車，幫幫忙，給我一個直接證據，一個半個都好。

「朱俊仁研究的鉤吻是治療用途，林家三人死於毒性強烈的鉤吻，兩者不同，請檢方證明朱俊仁研究的新生物產品用的是毒性強烈的鉤吻，好讓未來的服用者早點中毒，一了百了。

「我晚上睡不好，定期服用安眠藥，有人卻死於安眠藥，開安眠藥給我的醫生是凶手？

「吃抗生素太多，日後可能得洗腎，請檢察官證實抗生素導致洗腎。

「離婚的大前提是結婚，不結婚則沒有離婚。請檢察官檢討婚姻制度，請檢察官起訴婚姻制度導致離婚率上升。

「吃飯偶而噎到，再請檢察官起訴吃飯，如果不吃飯，不會噎到，不會造成一年幾十起的因噎到而發生的意外事亡。」

蕭炎火力強大。

檢方花了不少功夫，觀止研究中心上上下下二十七人都被請來當證人，一一作證朱俊仁是鉤吻研發項目的負責人、朱俊仁可以隨時拿到延遲藥效的新開發膠囊、林添財特別信任朱俊仁。再以民生東路與林宅附近的監視器畫面，指出命案發生當天僅朱俊仁一個外人進出林宅。

法醫老丙則證實鉤吻是致死的原因，不過檢方最有力的證據是林貴福未服用的膠囊營養劑，與裝換成鉤吻的膠囊藥盒，皆驗出朱俊仁的指紋。

法官會認可朱俊仁的指紋是致人於死的直接證據？

羅蟄天天盯媒體的報導，他清楚檢方故意躲開草莓大福，避開林吳瓊芬與朱俊仁的關係、林家珍與朱俊仁的關係。

令人不解的是，辯方的蕭炎為何不提？至少林吳瓊芬與林家珍的嫌疑不比朱俊仁輕。

或許朱俊仁不願提林吳瓊芬和林家珍，蕭炎不得已撇開這對母女。或許檢方起訴的是朱俊仁，蕭炎辯護對象是朱俊仁，不願分散攻擊焦點。

不甘心，促使羅蟄進法庭旁觀最後的辯論庭，說不清不甘心案子移轉到別的刑警手裡，還是不甘心命案由朱俊仁概括承受。

他要再看一次朱俊仁的反應。

台灣法院最為人詬病的是書記官打字速度跟不上講話的速度，當兩造律師相互詰問至刀鋒相見時，場面忽然凍結，審判長說：

「大律師，請暫停一下，書記官還沒打完。」

法官一心數用，聽兩造陳述外，得留意螢幕上同步記錄的進展。

之前羅蟄上過幾次法庭當證人，他覺得台灣法庭的氣勢被打字給打趴，與其法官、律師、證人、被告都盯著螢幕看，乾脆把雙方訴狀交給法官，由書記官事前打好，免得辯論時老是冷場。

蕭炎是老手，開始時講話速度慢，不時偷瞄螢幕看書記官跟不跟得上他的速度，關鍵時刻忽然提高嗓子，加快速度，壓制檢方。即使審判長又說：「大律師，等一等。」蕭炎的氣勢已成，輪檢方準備好火力還擊，書記官還沒打完蕭炎的辯護句，審判長不能不又說：「等一下，還沒追上。」

應該發展聲音輸入法，大家戴麥克風說話，自動成為文字紀錄。

沒讓朱俊仁作證，蕭炎認為無直接證據，無需朱俊仁上證人席，檢方抓住這點，一再要求朱俊仁作證。

羅蟄閉眼以念力遙控法官，同意檢方要求，他必須再聽一次朱俊仁的供詞，法庭上，說不定朱俊仁說出真相。

估計由蕭炎費心的打點，朱俊仁穿深藍西裝、深藍領帶出庭，一改過去總是夾克、襯衫、休閒涼鞋的宅男裝扮。

朱俊仁坐在中間木板圍成的被告席當中，檢察官喊到他名字，他扶桌面站起身。庭內上百名旁聽者發出各種不明噪音引起的騷動。羅蟄坐在最後面，伸長脖子聽朱俊仁的反應。

朱俊仁說：

「人不是我殺的。」

兩名檢察官像兩台投球機幾乎無間隔的投出一百五十公里快速球，設法逼朱俊仁說出第二句回答，但朱俊仁依然說：

「人不是我殺的。」

一審法官年輕，二女一男。羅蟄聽說女法官的正義感強烈，而且比男法官沒有耐心。果然，女審判長皺眉頭的開口了：

「朱俊仁，事關你有罪無罪，我再說一遍，謀殺罪最高可以判處死刑，請具體說明為什麼人不是你殺的。」

朱俊仁低頭，手指頭不停梳理他大量減少的頭髮，在法官開口催促之前回答：

「人不是我殺的。」

最笨的回答，法官不滿意，媒體更不滿意；經媒體不滿的評論，觀眾隨之不滿意。如此受矚目的審訊，殺了一家三口且斷了林家後嗣的凶嫌，怎麼能這樣打發刑事官司。

蕭炎的傲慢態度火上澆油，他在十幾支媒體的麥克風前說：

「是啊，他沒殺人，你們期望他說什麼？檢方證據不足，朱俊仁一句話也不用說，審判長應該當庭判他無罪開釋。」

走出地院，廢除死刑聯盟和反廢死聯盟的群眾阻斷博愛路的交通，齊老大站在抗議群眾前面。

「剛才看到你。一起走走，說說感想。」

「怪怪的。」

「說。」

他們鑽出激動喊口號的群眾往小南門捷運站走去，聞到和平醫院附近小館子飄出的花椒香味。

「地檢好像急著結案，法院好像急著判刑。」

「廢話，不是問你這個。」

「我感覺朱俊仁有話不肯講。」

「繼續。」

「消炎丸太囂俳。」

「怎麼囂，怎麼俳？」

「一副篤定檢察官堅持的證據不足能打贏官司，可是找不到其他凶嫌，所有民意認定朱俊仁是當然凶嫌，消炎丸自以為是的態度讓人反感，對朱俊仁沒有幫助。」

「朱俊仁為什麼有話不講？」

「長官，你最清楚，他和林吳瓊芬之間打的幾十通電話呢？」

「不能證實打給林吳瓊芬，說不定打給林添財。」

「我們查過啦，林添財大多時候不在家，在公司，合良企業的電話記錄裡沒有朱俊仁的手機號碼，他只打到林家。」

「說不定打給林貴福。」

「不可能，林貴福中聽，除非面對面講話，他聽不清。」

「說不定打給莉塔。」

「報告長官，別弄我們小朋友。」

齊老大停下腳步，看看天色，若有所思。

「你說話口氣有點像老丙。叩老丙，叫他來吃中飯，我請客。」

一下子，羅蟄又成為刑事局齊老大的祕書。

「丙法醫問吃什麼？」

「我請吃飯，虧待不了他。」

「他一定要問吃哪家，他說上次你請他吃麥當勞，如果這次還是麥當勞，他寧可啃自己襪子。」

「挑嘴。讓他啃襪子！」

「他問，長官你不是不吃中飯的嗎？」

「今天心情好。」

「吃晚飯可以喝酒，改成晚飯如何？」

「有的吃他該偷笑，他要是再菇磨，我他媽今生今世不請他。」

「丙法醫回話，我一字一字的念：今生今世，老齊，別逼我打電話給你老婆宣布我倆一起出櫃。」

「吃個飯搞到出櫃，叫他少廢話。」

「丙法醫說長官太極端，折衷一下，郁坊小館，肴肉、燻魚、油爆蝦、麵托鱈魚、獅子頭、蒸餃、鍋貼。酒算他的。」

「吃死他個王八蛋。」

「報告長官，丙法醫說你滿口髒話，難怪升不了官，被學弟踩在腳底。」

「他爸爸不屑做官。」

「他說長官今天果然有食慾，十五分鐘後到，請您先點菜。」

跟在齊老大身後轉進巷子，走進小館，齊老大看著菜單說：

「法醫成天窩在死人堆，心理不健康。老闆，有沒有讓心理健康一點的菜？」

老闆上道：

「有，冰鎮五十八度高粱。幾打？」

◇◇◇

丙法醫遲到，羅蟄接了手機，對齊老大說：

「我們還有一個空位，朋友想來。」

齊老大夾起油爆蝦進嘴，咔茲咔茲地咬。

「男的女的？」

「女的。」

齊老大將燻魚開腸破肚，一筷子夾走大半魚子。他不吃午飯恐怕是神話。

「幾歲？」

「二十多。」

「古錐嗎？」

「見人見智，保證辣妹。」

「叫她來。」

「報告長官，可以嗎？」

「剛才我說過，法醫心理不健康，小女生來，更不健康。乾脆不健康到底吧。」

然後光陰似箭，林家珍於三分鐘後坐在第四個位子，她笑瞇瞇地喊：

「齊長官好，小蟲長官好，對不起，我好久沒吃飯，聽說你們吃飯，我就餓了。」

「沒錢吃飯？」齊老大問。

「再給老丙電話，催催，法醫了不起啊，憑什麼要我三請四請，再不來我發傳票。」

羅蟄一邊滑手機一邊說：

「這位是林家珍小姐，林吳瓊芬的女兒，林真的姐姐，一度是林宅血案的關係人。」

大家都不說了，齊老大用冰鎮高粱的溫度看羅蟄。他對林家珍的韓國草皮式短髮、新增的眉環沒發表意見，相信他知道林家珍童年的遭遇，同情多過好奇。

「齊長官，法官會判他死刑？」林家珍問得直接。

「看開庭情況，不妙。」

「死刑吊脖子，現在是槍斃。」

「吊脖子，死透透，槍斃多個彈孔。」

「好可怕。」

「誰叫他不肯說出實情。」羅蟄表明他的看法。

「齊長官，你比小蟲警官爽快多了。為什麼現在男生不像你們那一代的MAN？拖泥帶水，連吃個飯問他吃什麼，都只會說隨便。你教教小蟲。」

齊老大翻眼白瞧羅蟄。

「你常請她吃飯？」

羅蟄沒回答，急著將一枚蒸餃送到林家珍碗內。

「妳媽呢？」

齊老大聽見，更關懷的看林家珍。

「她去日本，問我要不要一起去，沒興趣。」

「回來嗎？」齊老大問。

「她在日本沒房子，不回來不行。」

「她真把遺產全捐了？」

「捐了，不過她還是富婆。」

「多可惜，哎，房子、現金的，留著又不咬人。」

「你去問她。」

「她和朱俊仁到底有沒有關係？」羅蟄問。

羅蟄知道齊老大想問，吃飯時候不方便問，可是他了解林家珍會一口一口嗑光所有糧食，問任何問題都不會影響她的進度。

「或者我該問，朱俊仁和妳們母女有什麼關係？」

「問過幾百遍了，朱俊仁想追我，被踹回去。他很巴結我媽，大概以為搞好老闆娘等於搞好老闆。」

「朱俊仁不像那麼聰明的男人。」齊老大舀一匙蝦仁進林家珍盤子。

「好啦，朱俊仁很哈我媽。」

「妳媽對他呢？」羅蟄本來想夾鱈魚給她，盤子堆滿了。

「小蟲警官，你的智商不如齊長官，林吳瓊芬進入更年期，她要男人沒有用。男人煩，捧根摃不起來的小屌，初一到除夕，只想打炮，明明人家女人更年期，不能亂幹，男人想出噁心的主意，買KY潤滑劑，講一堆噁心的話，要脫女人褲子，要幹女人屁眼。不信你問齊長官，我看穿男人。」

羅蟄發現齊老大難得的瞪大眼，身體後仰，嘴巴張大到像缸裡的金魚需要空氣。

「上帝不應該做根小屌給亞當，害死女人。」

兩個男人不敢回應。

「你們不用看美麗的林家珍小姐，敝人我，正進入女性的黃金期，追她的男人多如三〇七公車，不可能看上死宅男的朱俊仁。她晚上蒙眼睛走路，離朱俊仁五十公尺就會轉向，自動駕駛汽車。」

齊老大以陰險、難測的似笑不笑笑容看羅蟄：

「你是三〇七公車？」

沒得到回答，他再說：

「之一。」

「朱俊仁膽小鬼，不可能殺人，兩位長官應該幫他。」

林家珍吃飯的速度絕對可以有說話的空間。

「案子已經進法院，我們無能為力。我們是沒有用的警察，能幫他的是律師和他自己。」

「嗯，這家菜比莉塔做的好吃五百倍，原來你們警察比老百姓吃的好。」

「吃。」齊老大差點把砂鍋放到林家珍嘴邊。

「喝不喝高粱？」

「喝，酒後不騎車，沒關係，等下小蟲騎我車送我回去。」

齊老大用同情的眼神掃過羅蟄的脖子。

「卡擦。」林家珍說。

她和老人家一餐飯就培養出驚人的默契。

「我有事，妳自己看著辦。」羅蟄委屈地說。

老丙在林家珍離開後才趕到，對齊老大的冷嘲熱諷不當一回事，倒是沒見到林家珍，頻頻說可惜。

「可惜什麼？以為你哈的是她媽媽。」

「見過林吳瓊芬，對林家珍不免好奇。小蟲，下回再安排一次，我請客。」

「一大把年紀，少對小女生好奇。還有，你遲到，這頓飯，你付帳。」

「錢的問題好解決。」

「說，為什麼遲到？」

老丙將剩菜掃進碗內，吃得起勁。

「和我老闆吵架，考績的事，把我搞火，老子回醫院當醫生去。」

「進了公家機關，老丙，一切隨緣。喂，小蟲，你去哪裡？」

羅蟄不好意思，他搖搖手機。接下來能被齊老大念十年：見色忘友。

◇◇◇

「為什麼突然叩我？」

羅蟄追去，林家珍沒走遠，進植物園做飯後散步？

「無聊。」

「又無聊了？妳去法院旁聽了對吧。戴登山帽的是妳？」

「對，反正無聊。你送我回去。」

羅蟄終究得騎小噗噗，他有種感覺，等下得替車子加油、打氣。

「聽出什麼沒？」

「沒。」

「妳媽呢？」

「銀山溫泉，住神隱少女的那個能登屋大榻榻米景觀房，一晚十萬日元。」

「她女兒卻沒飯吃。」

「她和我沒關係，要我講幾遍。」

「林添財有錢，林吳瓊芬有錢，妳不繳稅金，甘心當個老吃警察便飯的老學生？」

「還是以前的小蟲好，聽話。現在講話像齊長官，討人厭。」

「有嗎？」

「非常有。順便告訴你，我找工作了。」

「奇蹟。」

「沒有奇蹟，人怎麼活。」

「什麼樣的工作？」

「目前不宜公開。」

「服務業？」

「不必猜。」

羅蟄送她回木板隔間的小套房，小鍋子又沒洗，內衣內褲和書本扔得到處都是。

「沒咖啡，沒茶。」

「我沒打算久留。」

「不會要你上床，可憐的小蟲，你錯過機會，更糟的是你不知道錯過什麼。含苞待放的可愛女生，抱她上床，世界馬上冒泡泡。」

「泡泡？」

「打炮的炮。」

看到牆上貼滿剪報和電腦列印出來的新聞。

「妳一直關心朱俊仁的消息。」

「對。」

「為什麼？」

「想知道他怎麼弄死林添財。」

「林家珍，林宅血案結案了，我調離刑事局，純粹朋友、純粹好奇再問一次，妳是不是朱俊仁的共犯？」

「妳祖媽臘味飯啦。」

4

一審宣判，朱俊仁連續三年未調薪，由他主導的鉤吻計畫被取消，懷恨觀止生化研究中心董事長林添財，以鉤吻毒藥殺害林貴福、林添財、林真一家三代，且不配合調查，毫無悔意，罪大惡極，三名法官一致同意，判處唯一死刑，褫奪公權終身。

辯護律師蕭炎發表公開聲明，指責地院三名法官是恐龍，不追求證據、罔顧真相，視人命如草芥。

新聞重點轉向台灣的司法制度，改革司法討論了三十年，新的話題是採取陪審團制度的呼籲，反對方認為台灣地方小，黑白兩道勾結，人民接受司法的教育有限，大學畢業連基本的憲法都沒念過，若採取陪審團制度，陪審員必然被脅持，無法改善現有的司法弊病，不如整頓現有的司法官體制，建立法官的考核制度。

贊成方提出解決方式：公投。

公投執行過幾次，愈來愈退化成破折號……無言的結局。

蕭炎隨後宣布退出朱俊仁上訴案，沒有說明具體原因，外界揣測朱俊仁的死不開口吐露真相，令消炎丸無計可施。

羅蟄沒空關心朱俊仁的上訴，調新單位後接手詐欺案件，第一起是舊瓶裝新酒，警方稱之為「中獎詐騙」。小時候北門鄉的高阿婆曾經上過當，收到某家雜誌社寄來的新雜誌與一封中頭獎電視機的通知書，高阿婆興沖沖到郵局匯去一千多元的稅金，從此消息全無。倒是高阿婆一生只看完過一本書，就是那本雜誌。

——有時書的價值超過它的售價。

新的詐騙手法差不多，二·〇升級版。報案者陳述，某家公司的信件寄至他家信箱，裡面是張刮刮樂彩券，稱貴客戶在本公司消費滿千元，寄贈抽獎券乙張。報案者拿枚硬幣刮掉表面的浮漆，竟然七星連線，中了一千萬，不過照樣得先寄稅金兩百萬過去才能領錢。

申請法官的簽字同意，按照匯款的銀行帳號，要求銀行配合，得到開戶者的姓名、地址、電話，寫報告請保安警察總隊配合，大隊人馬包圍該地址，逮捕開戶人。

沒想到開戶人也是受害人，他的身分證遺失，被歹徒拿去開戶，報過案，有案可查。

大隊人員不得不回到銀行，追查提款人的資料，從提款日期，找到當天監視器拍下的領款人模樣，進刑事局大數據比對，列出七名嫌疑者，分頭展開追蹤，終於逮到提款人，十七把自動步槍闖門將他押解回市警局，居然仍是人頭，他供稱受雇去領錢，一次酬勞百分之十。

受誰雇用？

大頭。

誰是大頭？

不知道。

怎麼和大頭接上線？

網路上的廣告，想發財嗎，請跟我聯絡。

然後呢？

按大頭的通知，到銀行領錢。

銀行為什麼讓你一次領兩百萬？

我的帳號，為什麼不讓我領。

不擔心你獨吞？

他知道我女兒讀建安國小，我老婆在7－11上班。

而且你還可以分到二十萬？

我失業三年，警官，人要活下去。

有大頭的聯絡方式嗎？

他找我，我找不到他。

憑有限的情報，羅蟄領便衣人員至當初領款人與大頭見面的附近尋找可疑人士，終於找到頭很大的嫌犯。申請手機竊聽與全日跟蹤，皇天不負苦心人，他們再次全副武裝出動，衝進新莊副都心一棟長年滯銷的大樓，逮到大頭，恰好大頭剛與主事者的「舅舅」聯絡，便順線往回摸，於三峽逮捕舅舅，再從舅舅手機找到淡水的阿姑一組人。

羅蟄飛車從新莊到淡水，僅與另一名同事在大隊荷槍持彈的警員抵達之前，衝進新市鎮一棟完工五年，住戶不到三成的鬼樓，羅蟄破門而入，順利抓到二十一名嫌犯。

詐騙集團成員屬於同個家族，以阿姑為中心，招她的三名外甥與兩名堂姪，再由外甥與堂姪找他們的朋友，分工很細，印刮刮樂彩券的、寄信的、接電話的、找人頭開戶、取款的，甚至聘請專職的司機三人。

他們分別住在附近的大樓，排班至公司上班，阿姑從不出現，以手機遙控作業，但最後從銀行提款出來的，由阿姑另外找人負責。

集團不僅刮刮樂詐騙，也玩其他的手法，工作比警察還忙，現場起出五十八支手機、十七台筆電、七箱泡麵、七百多萬現款。

七百多萬現款哪裡來的？

阿姑派人送來的。

做什麼用？

今天發薪水。

為什麼不匯入個人帳戶？

怕被國稅局追查。

相關嫌犯還沒回送至市刑大，他們的律師已經等在警局和地方法院，各有所司，協助嫌犯接受偵訊的，等在法院準備提出交保要求的。

淡水的現場，羅蟄不准律師進入室內，他對律師吼：

「嫌犯已經在市刑大，這裡是現場，沒有你們要的東西，請閃開，不然告你們妨害調查。」

新北市警局對此頗有微詞，打報告指羅蟄越界辦案，未通知當地警局，若錯過機會讓嫌犯跑了，影響大局。

羅蟄接受長官詢問時只說一句：

「通知新北市警局？長官，誰曉得會不會走漏消息？我不信任其他單位。」

當台北市警局長出現在電視上說明破案經過時，羅蟄窩在辦公室吃加了關東煮與茶葉蛋的泡麵，瞄了兩眼電視。

電視停在新聞頻道，林宅血案三審定讞，朱俊仁的上訴被駁回，維持死刑的原判。

朱俊仁不再穿深藍色西裝，穿鬆垮垮的運動服與藍白拖，上手銬，由兩名員警押解上車，媒體鏡頭圍在四周，朱俊仁始終低頭，直到進車坐定的剎那，他往外望了一眼。

人生的終點，沒有青山綠水、藍天白雲，幾十台攝影機與相機，許多與人生無關的人物，如此而已。

手機響起。

「小蟲警官，去看新聞。」

「朱俊仁的？看了。」

「判死刑，太不人道。」

「林小姐，妳什麼時候變成廢死聯盟的支持者？法律上有死刑，當然有人被判死刑，不然法律是假的。」

「你比以前更無情無義。」

「又沒飯吃？」

「好吧。」

和林家珍算不算男女朋友，羅蟄有時會想，每次想著想著就放棄。太難捉摸的女孩，平常不見人，想出現時才叩羅蟄。用老丙的說法：

「小蟲，你不算她男朋友，算牛郎，而且是義工牛郎，專為寂寞女子排解性需要——」

「我沒上過她。」

「不上床？你性無能？不排解性需要，男人就得解決她心理需要。依我醫生的專業立場，解決性需要比較單純，三分鐘的事，解決心理需要，嘖嘖，後果堪慮。」

「為什麼堪慮？」

「最後你得娶她，接下去幾十年，夠慮的吧。」

意外的，約在西華的義大利餐廳，估計一個人要一千元，羅蟄檢查他皮夾內的信用卡，家在，有效期限內。

更意外的，林吳瓊芬出現，她換了造型，穿香奈兒百年不退流行的針織粉色系套裝，優雅地握住羅蟄燒滾滾的手：

「昨天家珍才告訴我你們在一起，羅警官好。」

林家珍擺出無辜的表情：

「老媽逼的。」

不可能，刑事局大小各級刑警用盡想得出來的方法，她們母女的嘴水泥塗的，再抹防水漆，滴水不漏。林吳瓊芬逼她？

「媽，我把他交給你，盡量問。」

說著，林家珍已往擺滿食物的長桌移動。

林吳瓊芬瘦了，以前光滑的臉孔，雖仍光滑，卻僵硬得稍稍用力可能形成土石流。

老丙教他：看女人年紀看脖子，她們打針、拉皮、抹石膏，對臉有用，對脖子沒用，年紀大，皮往下垂，就在脖子。

看男人的年紀呢？

老丙嘆口氣：看男人的年紀呀，看他掏皮夾付錢的速度。

不該盯著林吳瓊芬脖子看，很不禮貌。

「好久不見，今天難得不用找律師陪，我們叫瓶酒吧。」

於是下午三點十一分的原訂下午茶活動，改成酒會。羅蟄懷疑早在決定改成酒會前，林吳瓊芬已經喝了不少，也許是中飯，也許她根本起床拿威士忌當牛奶，不然怎麼她周圍方圓兩公尺的九號香水味裡，藏了點漱口水的刺鼻味？

羅蟄不懂酒，看林吳瓊芬與服務生討論的過程，她懂酒，懂貴的酒。

林家珍一手一個盤子回來，一個堆滿鮭魚，一個則是大小不一的三明治。鮭魚她的，三明治羅蟄的。林吳瓊芬呢？

「放心，我媽有她的貴婦氣派。」

貴婦喝酒，客氣地要服務生為另兩人倒酒。林家珍搖手說不必，另兩人喝咖啡喝茶喝啤酒，不喝幾萬塊的紅酒，苦命人認份地堅守苦命的原則。

「喝習慣我媽的酒，往後的日子難過。」

林家珍解釋得好。

「死刑怎麼進行？」

林吳瓊芬前一秒露出法國紅酒帶給她的滿足，下一秒跳進死刑。

「目前為止，台灣採取槍斃。」

「用槍打人？」

「是。」

「野蠻。國外不是打針？」

「有些國家打針，有些國家還用幾百年前的絞刑，可能法務部覺得槍斃省預算又比絞刑文明。」

「打哪裡？」

「心臟。」

「要命，打心臟多可怕。」

——不然打腿毛。

驚恐之後，她再喝了一口酒。好大的玻璃酒杯，遮住她剛打過針無法表達情緒的臉孔。

「打心臟立即死亡，減少犯人的痛苦。」

羅蟄很想說打腳底好了，讓犯人流三天血死亡。

「還是太野蠻。」

林吳瓊芬可能同意腳底板槍決法。

女兒從鮭魚堆抬起頭：

「我媽的意思是能不能像打流感針一樣，打手臂，人就死了。」

「你們應該改進死刑的方法。」

「是，回去即刻向上級反應。」

「哪一天執行？」

「看法務部的決定，死刑要上呈給總統簽字。」

「秋天嗎？」

「古時候才秋天執行死刑，現在只要總統簽完字，隨時可以執行。」

她陷入沉思，而且不忘記再喝兩口酒。

「痛嗎？」

「幾秒鐘。猜測，我沒被打過。」

「打幾槍？」

「也沒去現場過，不清楚。台灣很多年不執行死刑了。」

「為什麼？」

「前任總統不肯簽字。」

「怕死了下地獄，閻羅王說他是凶手。」林家珍仍繼續小口小口吃鮭魚。「閻羅王？家珍，我們家信天主教。羅警官，家珍就這樣，你多包容。請問判朱俊仁死刑的原因是什麼？」

她第一杯紅酒已結束，服務生積極的上前加酒，希望林吳瓊芬喝酒速度比美羅蟄嗑三明治，爭取業績。

「檢察官提出鉤吻、膠囊的證據，朱俊仁都涉及。您先生死亡那天，朱俊仁去過你們家，根據膠囊的融化時間判斷，朱俊仁於五點多離開，您先生八點多死亡，在藥效發作的合理範圍內，而且膠囊之前已經送去過你們家，裝的是健康藥物，不是毒藥，檢察官認為朱俊仁送去的健康藥物取得您先生的信賴，命案那天他換了鉤吻，您先生並未懷疑。由藥盒內指紋可以證明。」

林家珍吃得更慢，她聽得專心。

「朱俊仁殺您先生的動機，檢察官認為連年考績不佳，牽怒於董事長。法院接受。我們警方承辦小組有不同看法，相信朱俊仁愛上林女士，可是未能達到目的，一怒之下殺死您先生。」

羅蟄以為他天降神兵的說話方式能引起一點漣漪，但林吳瓊芬仍然以喝酒回覆。她的動作宮廷派，舉起杯子遮住臉，只能從她脖子的顫動看出她喝下酒。

接下來林吳瓊芬停止問題，她小口喝酒，女兒小口吃鮭魚，羅蟄不得不小口吃最後一個迷你三明治。太悶，乾脆起身去餐檯東挑西挑，挑足了脂肪、熱量、膽固醇，戰果豐富地回來。

母女仍然延續之前的工作，眼看酒瓶內只剩三分之一，鮭魚倒是有三分之二。

「我媽心情不好。」

「理解，這個案子，我有很多困惑，不過已經三審定讞，不必再問妳媽了。」

林吳瓊芬進入最後的三分之一，眼神飄得很遠，說不定醉了，說不定將醉不醉，得回房間再喝杯威士忌。

「她見我就為了問死刑？」

「她為朱俊仁被判死刑而遺憾？」

「問她。」

「問她。」

「她天天喝酒？」

她轉著眼珠。

「以前是幾乎，最近是，嗯，繼續。」

「警察大學念書，我有個同學，女的。」

「青梅竹馬的那個。」

羅蟄打開啤酒，替林家珍與自己倒滿。

「她有個高中在一起的好朋友，她們住校，同一間寢室，一起上課，一起吃飯，連放假都還約一起看電影。」

「蕾絲邊了。」

「不重要。」

「很重要，不然你怎麼會失戀，到現在還沒女朋友。」

羅蟄喝冰涼的啤酒。

「我說的是兩個好朋友，不要跳太快，先聽我講完。」

她沒回答，她喝冰涼的啤酒。

「畢業前，一個考上台大歷史系，一個上警官學校。本來我同學也想念台大，她功課好，申請台大不成問題，因為家庭因素，轉而選擇警校。」

「她老爸是警察，家庭事業。」

「不，她沒有老爸沒有老媽，跟阿嬸長大的，不想再開口向阿嬸要學費。」

「讀警校不要學費，厚，真好康。」

「九月初，開學前幾天，台大那位出車禍，死在台大醫院急診室。」

「哇，羅密歐與茱麗葉。」

「我同學念警校只念半個學期，她輟學，決定再申請台大，而且是歷史系。」

「酷。」

「她要替好朋友把歷史系念完。」

林家珍沉默了，羅蟄與她拚命喝啤酒，喝了三瓶，不小心發現林吳瓊芬已喝她的第二瓶紅酒。

「你向我告白。」林家珍的杯緣碰了羅蟄的杯緣。

「怎麼聽得出我向妳告白？」

「講你的前任，告白最重要的部分是公開自己過去的戀史。」

「錯！」羅蟄瞪大眼看林家珍。「我的同學說她不想遺憾，要是當初她一起念台大說不定不會出事。」

「個性好強的女生。」

「妳說的有點道理，做人不該到處背別人的過去，太重，太勉強。」

「說你自己。」

羅蟄拿過林吳瓊芬面前的酒瓶，招手向服務生要杯子。

「林女士，分我們喝一點。」

林吳瓊芬受驚似的張口結舌。

「敬你的青梅竹馬。」

「我們一起敬朱俊仁吧。」

林家珍舉起酒杯，林吳瓊芬進入七分醉的恍神狀態，舉起的酒杯徘徊於空氣中尋找另兩支杯子。

他們三人不分先後秩序的喝了酒，羅蟄偷眼看一下手機：

「我們的齊長官剛才傳訊息，要我參加朱俊仁的死刑……儀式。」

她們不再說話，連林家珍也沒話。

「法務部法醫中心的丙法醫說過一句流傳司法界的名言，酒，要就喝醉，要不然不要喝，別浪費酒精和情緒。」

一個女人以行動同意，一個女人以白眼不同意。

◇　◇　◇

林吳瓊芬由羅蟄扛進電梯再扛到房間，她喜歡住旅館，不喜歡買房子作個家。

林家珍不肯留下照顧她媽，和羅蟄蹲在旅館後門外水溝旁抽菸。

「你今天很成熟。」

「意思是我講了我同學的故事？」

「還有你原諒我媽。」

「原諒她哪個部分？原諒她和朱俊仁共謀殺人？原諒她殺人之際不小心連兒子也殺掉？」

「你又欠扁。我說原諒她喝酒。」

「沒有原諒不原諒的，怕她喝太多，幫她喝。」

「喜歡當警察。」

「還可以，人總要做點事，即使有錢也不能成天飆超跑。妳說的，存在，人生追求存在感，例如屍體、例如要小刀要割老媽老公乾扁的青辣椒。妳說的。」

「小蟲，你真的很ＯＫ。」

羅蟄沒追問ＯＫ是什麼意思，他剛才見到的是想贖罪卻不知從何著手而只能灌醉自己的女人嗎？

5

報紙的大標題全是朱俊仁的死刑，電視上名嘴分析，總統可能在最後關頭頒布特赦令，既下令執行死刑，再特赦，對廢死與反廢死兩邊都有交代。

台北市警局照例天天擠滿來串門子的記者，局長三不五時上電視宣布破案，可是不論羅蟄追捕詐騙集團多骨力，沒人理他。

預計他今年考績維持乙等。

現在他與肅竊組合作，破獲地下洗錢組織，二十一歲男生糾集十一名年紀差不多的年輕人幫人匯兌。大陸收人民幣，台灣付新台幣，抽取的佣金從一趴到十趴。

事情敗露的原因在於見錢於眼前來來去去，終有忍不住的一天，他收了五十萬人民幣，卻不在台灣付新台幣。

他以為匯錢的人明知地下洗錢犯法，一定不敢報警，忘記狗急跳牆的古訓，被害人走進中山分局，痛哭流涕三個多小時。

情報轉至市警局，羅蟄與同事包圍洗錢犯住處，逮到五名跑腿的助理，論鐘點計薪，時薪比照便利店，獎金比照房仲。

洗錢的主嫌不知警方抓了人並包圍他的住處，酒後開法拉利至北宜公路飆車，九拐十八彎，他一拐一彎即撞山壁，車子里程數停留在三位數，炫富的結局乾淨俐落。

車主略微拖泥帶水，掙扎十幾分鐘，救護車來到前斷氣。

主嫌死了，被騙的人在警局哭他一生血汗的五十萬人民幣，領時薪與獎金的助理面面相覷。警察到頭誰也幫不了，花納稅人的錢白忙一場。

他沒對林家珍說，當警察其實大部分時間處於沮喪狀態，薪水買不起台北市的房子，地位遠不如開超跑從不用工作的富二代。警察是汽車的機油，必要品，每五千公里換新，車子跑得順，不傷引擎。少數人換好點的、貴的機油，大多數駕駛則只要是機油就成。

精確地說，警察是只要是機油的那種機油。

交通隊的同事忙於車禍現場採集證據，保險公司被攔在管制範圍外，死者家屬趕去醫院認屍，被騙的五十萬人民幣判斷與法拉利一同撞壁而屍骨不存。

回台北途中他繞到內湖工地，羅雨不在，保全的人說大概在新店的工地。

沒去新店，他進一家熱炒店，不聲不響幹掉半打啤酒。羅蟄酒量不是很好，偶而不得已喝過量。這天他存心喝，沒有底限地喝。

我踩在地面，踩得很實在，鞋底能感覺碎石子。

沒有飄浮的影子，沒有來自遠的呼喚聲，眼前筆直一條窄小的山路，兩旁的大樹遮去陽光。

有路即表示該往前走。我往前，平穩地踏出每一腳步。

路邊樹立五角形的木牌，中央吊個鈴鐺，旁邊一行字：本處熊經常出沒，請急行，遇熊搖鈴鐺。

不理會，繼續往前，每一百步就見到一個牌子與鈴鐺。

光線漸暗，樹後面閃現黑影，我加快腳步，然後用跑的，直到下一個木牌，抓住鈴鐺時想，搖鈴是呼救，還是嚇跑熊？

熊怕鈴鐺？

我用力搖鈴。

老闆半蹲在他桌旁用力的搖：

「人客，你不能再喝了，幫你叫車？」

付帳後走在北安路，羅蟄吸口污濁的空氣，夢不一樣了，代表什麼？熊和鈴鐺，誰在夢裡，想對他說什麼？

◇ ◇ ◇

抽空回刑事局探視齊老大，他瞪圓眼看羅蟄送的禮物。

「草莓大福？」

「對。」

「朱俊仁買的那家？」

「對。」

「操，拿針筒灌了鉤吻沒？」

「忘記。」

「少了點刺激。咖啡、茶，自己泡。」

齊老大辦公室的陳設改變不少，收拾得整齊，而且多了咖啡機。

「老婆送的生日禮物，說喝咖啡對身體好。我不信，拿來泡茶也不錯，茶葉裝在咖啡粉濾紙，往機器裡一送，不費事地出來一壺茶。」

「說不定出來一壺稀釋農藥。」

「你說假茶葉案子？這年頭，連茶葉都可以假，在越南、印尼種，運回台灣當南投烏龍，太不像話，抓到全槍斃。」

齊老大對大福很滿意，一口咬掉半個，看手中剩下的半枚草莓瞇眼直笑。

草莓雖娘，沒有男人不愛它。

「什麼事？請調回刑事局？台北市刑大日子過得好好，別想不開。」

「不，找到新證據。」

齊老大差點將嘴裡殘存的麻糬與草莓噴到羅蟄臉上。

「隨時執行槍斃，你還不放手。」

「我調出朱俊仁手機的通聯紀錄，查出林宅市話的紀錄。長官，你知道轉接服務嗎？」

「把家裡電話轉接到——轉接到我辦公室。」

「對，可以轉接至手機，所以我查林家當初申請的號碼。」

「轉接到林吳瓊芬的手機？」

他的臉快伸到羅蟄的鼻子前。

「朱俊仁用手機打到林宅的市話，老大你想，現在誰用市話？林貴福住樓上，我查過，沒分機或市話，他八十八歲，按電梯密碼，搭電梯到一樓餐廳接電話，喂喂喂，說不定對方早沒耐心，掛了。接電話太勞累，況且老人家有手機，螢幕七點一二英吋，收發信件，不用放大文字。」

齊老大舔半枚大福中央的半顆草莓。

「林真小朋友，他們那代可能連市話什麼樣子都沒見過，我查過，他用iPhone，燙金外殼。」

「林添財上班，不常在家，任何人找他也用手機。」齊老大追上進度。

「莉塔在台灣認識幾個人？再說她用手機內的軟體即便打到印尼也不用花錢，何必用市話。林家的市話幾年來都付基本費，根本沒人用。」

「除了轉接。」

「長官英明。」

「少來這套。重點。」

「的確轉接到林吳瓊芬手機。」

「操，共犯結構成立。」

他吞下快被舔爛的半枚草莓。

「小蟲，你也吃，萬一有毒，逗陣辦喪事，熱鬧點。」

羅蟄吃，齊老大開心地笑，確定大福裡不會藏鉤吻了。

「朱俊仁一年內撥打林宅市話五十二通，每周一通。」

「我猜每周的同一天，最好是星期一，林添財上班，林貴福上醫院，林真上學，莉塔洗床單，家裡沒人有空理那隻破銅爛鐵的電話。」

「每周二。」

「差一天，差不多，別挑長官的錯誤，下場不樂觀。」

「我試過打林吳瓊芬的手機好幾次，沒人接。」

「朱俊仁被抓、判刑，林吳瓊芬那隻手機不用了。」

「幾天後打第五通，已經停話。」

「我說嘛。是林吳瓊芬的，沒錯？」

「她的。」

齊老大吃第二顆草莓大福。

「小蟲，你的動作未免太慢，送給檢察官沒？」

「送，他也說太慢，不受理。還送蕭炎，他看也不看就扔出辦公室。長官，怎麼辦？」

「新的事證，可以申請非常上訴，可是，」他抓起第三顆大福，「無法推翻朱俊仁的殺人罪，反而因為林吳瓊芬與他勾結，更確定他的罪行，法院不會受理。」

「還有，長官，我也找出朱俊仁送的四顆草莓大福為什麼不見的原因了。」

「為什麼？」

「長官吃掉三顆，我吃一顆。可以證明吃大福沒人規定一人只能吃一顆，林添財一時嘴饞吃掉兩顆，林貴福不甘心，拚死吃一顆，林真分到最後一顆。」

齊老大笑得幾乎又要把殘渣噴到羅鳌臉上。

「很好，小蟲，這樣說話就對了，成天捧長官的卵葩沒意思，把人生抓得太死，缺少空氣，放開了，海闊天空。法院裡有熟人，我問問。有機會，我想辦法把你調回來。」

「長官，不用，我在市刑大真的很好，抓詐騙集團比抓殺人凶手有存在價值感，而且上回副局長要我瞞長官快速破案的事，很那個。」

「哪個？」

「很冰。」

「不冰，大不了我出馬選總統，把成天搞關係、製造破案積效的混蛋王八蛋全部送去龜山島管烏龜。」

◇　◇　◇

齊老大的法院朋友幫不上忙，反而好奇地問：救朱俊仁有什麼好處？

支持齊老大選總統。

在選總統之前，齊老大語氣不帶絲毫沮喪地叩羅鳌：

「詐騙集團抓得怎麼樣？立法院在你們市刑大的管區，不抓一抓？」

遇到這種問題，表示齊老大早餐沒吃好，羅鳌只能苦笑。

「講好一起去旁觀死刑。」

「是，隊長同意了。」

「台北看守所見，送他，也送我們心裡癢得要命的遺憾。」

「長官高興點。」

「我高興？人家女兒變成你女朋友，好好一個性感老媽變酒鬼，我怎麼高興？到時見。」

羅蟄收機，看人槍斃，該去嗎？

還有個人鼓勵羅蟄去。

「去，小蟲，幫我為朱俊仁祈禱，他替我報了仇。」

算個理由。

第四部

1

羅蟄沒請調回刑事局，也未再去探視齊老大，直到朱俊仁獲釋五個月又十一天後，他接到齊老大的電話：

「小蟲，最近忙吧？和林家大千金戀愛談得如何？火熱期過了吧，半年了，該降低到正常體溫。量體溫去，要是三十六度，就結婚，還發燒、頭昏、一天見不著面心慌意亂，聽老人家的，千萬再等等，熱戀中不適合結婚。你不會告訴我她已經反胃、犯噁心吧？」

當齊老大拖很長的前言鋪陳，羅蟄心知有事。

「老大有事請直講，我沒發燒，她沒反胃。」

「很好，有個工作看你有沒有興趣。」

「調回刑事局？不急，我在市刑大做得可以，抓詐欺犯已經上手。」

「市刑大，抓騙子，閑哪，多出時間談戀愛？年輕人，世界沒空等你。」

隔了幾秒，傳來低沉緩慢的口氣：

「從非洲到南美洲，騙子繞著地球跑，抓不勝抓，很累的。」

「不調回來也可以，我們成立專案小組，接受我領導，任務完成即解散，各回原單位。到時回市刑大、刑事局，由你挑。爽吧？」

「什麼專案？」

「目前加入的成員有你以前的同事小蘇、台東縣的趙為民，你同期同學，叫他灶腳對吧？」

「我覺得其中有陰謀。」

手機傳來菸酒過量而沙啞的吼聲：

「當然有陰謀，不然我兜半天圈子幹麼？老子閒得像你一樣沒事幹，成天捧個光頭女生當撿到稀世珍寶！」

齊老大終究沒耐心。

「請說。」

「記得朱俊仁？」

「記得，他住到台東，適應得好嗎？」

「適應？最能適應陽光藍天碧海的台東是我。不打屁，他個人資料你清楚，需要你幫忙研究他的人格特質。」

「我猜長官要的不是人格特質，他跑啦？」

「嘿嘿，小蟲，就說你應該調回刑事局，好好人才，泡在市刑大多浪費。他跑了，昨天沒去分局報到。」

「說不定忘記報到，說不定車禍，送進醫院，暫時失憶，醫院找不出他身分，沒辦法向警方發通報。」

「等我一下，我老婆更年期，心情起伏不定，成天嫌我肚子大、血壓高，她呢，連個雞蛋也煮不好，剝個殼沾得一手。」

他仍在早餐裡掙扎。

「再告訴你一個不能說出去的祕密，他的電子腳鐐沒有訊號了。」

「壞了，沒電。」

「哎，市刑大真搞得好好一個人半死不活。電子腳鐐哪能壞，他到分局報到都會檢查。沒電？虧你想得出來。不過兩線三星，台北市刑警大隊芝麻小警官，講話一推三千里。我常說官不分大小，不能當久，一當久，凡事推拖拉，找足理由。你他媽乾脆說雷打到腳鐐，失靈。」

「所以我們得去把他找出來？」

「答得很對。時間有限，署長直接下令，三十六小時，要是讓媒體曉得，不知把我們損成什麼樣。」

「老大確定追尋的方向了？」

「我沒，小蟲，你有。」

「林吳瓊芬在哪裡？」

「幹，小蟲，找你沒錯。二十分鐘後回局裡報到，幫我轉給你們隊長。」

「報告長官，這是手機，沒辦法轉。」

「為什麼林家的市話可以轉林吳瓊芬的手機？」

羅蟄來不及回答，齊老大斷線了。

五個月又十一天前，法務部當著一百多名記者與現場直播，宣布朱俊仁開釋。特別聲明，不是無罪開釋，是服刑完畢的開釋，死刑犯朱俊仁於執行死刑過程中，挨了兩槍沒死成，視同服刑完畢。

早先外界即普遍傾向於這個結果，尤其醫院流出他的胸腔X光片，心臟被壓擠於中間靠右，左邊兩個子彈穿過而造成的彈孔，其中一個距偏離的心臟不到半公分，十足震撼效果。

X光片可能是法務部迅速做成開釋的原因之一，死刑確實執行完畢，怪朱俊仁心臟不長在該長的位置。對此，廢死聯盟滿意，反廢死聯盟不好意思反對，畢竟誰敢大聲喊：再補他兩槍，拿機關槍打爛他、反戰車飛彈轟爆他，朱俊仁非死不可。

當初沒打死，社會熱烈翻炒「上帝真的知道」話題，若非神力，怎麼可能打不死。有些宗教團體興奮的找朱俊仁當見證人，幾百年才出一個打不死的人，證明上帝，或佛陀、阿拉、五方神祇的存在。

上帝認定朱俊仁沒殺人，等於打了法官一巴掌：你大，還是我大。

搶著將X光片印上T恤的生意人不少，由一千五百元一件，一星期後殺到兩百元，市面上太多了。

羅蟄收到一件，刑事局寄出，厭頭仔送的，左上角配了滴血的台灣圖形，英文字仍在：

台灣圖形下方一行小字：Where is Taiwan?中間是粗黑大字：Heaven Knows。

酷。林家珍見到即搶走，換下她破得再多個洞能露出肚臍眼的世界和平T恤。

法務部內部檢討，檢察官、看守所所長、法警槍手，一切依照程序進行，他們均不認識朱俊仁，查無親屬關係，事前不清楚朱俊仁的心臟位置和常人不同，因此槍決結果雖不如預期，死刑還是在法律監視之下徹底執行了。承辦檢察官簽署死亡證明，法務部發布朱俊仁已死亡。

法律而言，朱俊仁的死亡，無庸置疑。

礙於無法找出適當的法條足以將死掉的人再打兩槍，服刑完畢是最好的解決，同時不必處罰任何承辦公務員。

法務部聽從丙法醫的建議，於各監所增加醫護人員，所有服刑人接受定期的健康檢查，人人均得拍X光，與指紋、瞳孔一併列入個人檔案。

上百名受刑人受惠於老丙，原來受刑人裡膽固醇過高、血糖過高的還不少，提早控制飲食。法務部得意地發布新聞，由外役監所試行減肥餐。

台北看守所所長林明樹頗為不甘心的轉調花蓮外役監，他私下對熟識的記者發牢騷，現在全台灣的服刑人一律拍下X光片，未再發現器官轉位的，朱俊仁不是奇蹟，是林明樹和他犯沖，嘟嘟好被他碰上。

人倒霉，燒香拜佛，圖心理平衡。

調動林明樹，媒體再各種分析與攻擊，既執法無誤，為什麼調動林明樹？若執法有誤，該送監察院調查。

法務部如今動輒得咎，巴不得金正恩發射飛彈，轉移朱俊仁案的焦點到鄂霍次克海去。

沒人敢處罰老丙，他「揮」起來，絕對不計後果，大家一起死得難看。他對採訪的記者說：

「我姓昺，光明的意思。上面是太陽的日，下面的丙，金木水火土五行裡的火。

「太陽和火，千分之一萬的光明，燒起人，細胞一個燒完換下一個。大記者，懂嗎？我是雙重火，火氣加火大。」

記者傻乎乎地照寫，看在各級長官眼裡，有點毛。相信部長記得老丙說的看守所超收人犯與人權之間尚未被人發現的關聯，部長不知道的是老丙已經查出各國看守所留置嫌犯的人數，台灣與中南美洲國家並駕齊驅。

難怪有限的友邦不在非洲便在中美洲。

朱俊仁既然已視同死亡，法務部處理方式非常面面俱到，比侍候慈禧太后老人家吃晚飯還周到。記者會當天下午釋放朱俊仁，短期內掛電子腳鐐，並得定期至派出所報到以錄影為證，由專家觀察一段時間後，再決定是否取消腳鐐與報到，完全恢復自由。

幹譙的大有人在，電子腳鐐給性侵犯戴的，朱俊仁是殺人犯，不是性侵犯，戴電子腳鐐有辱他的人格。

說得好，殺人犯的人格高於性侵犯，極端的階級區分。

可想而知反對者則說，有辱電子腳鐐的腳格。

曾經有位學者主張比照美國的保護證人方式，給朱俊仁新的身分，免得受到排擠。

羅蟄對林家珍說：

「行不通，台灣不大，媒體比例卻一級高，不出一天，絕對找得到朱俊仁下落。要不然發新的護照，安排朱俊仁住南極。」

「南極有企鵝。」

「又是雞和鵝。實在不行，他住北極好了。」

「有熊。」

「不行，北極冰山融解得快，熊都活不下去。他住龜山島。」

「有烏龜。」

「烏龜不喜歡殺人犯啊？」

「烏龜是獨居動物。」

「牠誰也不喜歡。」

「怕被做成龜苓膏。」

關於朱俊仁將居住在哪個城市？法務部長當場請求記者不要追問，不要找朱俊仁，讓他安靜地開始新的人生。

「他將以新的身分，在新的城市生活。」

記者很識相，沒人追問。

齊老大在刑事局會議室看電視的轉播，對螢幕大喊：廢話，台灣媒體放著天大的新聞，不追才怪。

幸好台灣媒體也有另一個毛病，追一陣子，發生其他大新聞，自動轉移目標。和空軍用的響尾蛇追熱飛彈一樣，哪裡溫度高就攻擊哪裡。

媒體的確尊重法務部與社會觀感，維持一個多月，缺新聞了，撕毀合約，上山下海追捕朱俊仁，只是如約的未說出他居住的地點。

網路上見到朱俊仁頭部打了馬賽克的模糊人影步進警察局報到，十多分鐘後晃動的鏡頭跟在二〇〇〇年以前出廠的灰色三陽一二五機車後面，不小心拍到台東成功鎮街上的商店招牌，再拍到以彩虹形式跨海步道橋連接至太平洋上的三仙台島礁。

「阿美族的語言，三仙台原來的意思是最東邊的地方。漢人來到，說八仙裡的何仙姑、呂洞賓、李鐵拐曾經在那裡休息，三仙。」

「情侶不能拜呂洞賓，祂一定拆散。」

「拜何仙姑和李鐵拐，不拜呂洞賓。」

「三鮮炒麵。」

「聽懂，妳不喜歡朱俊仁被放出來。」

「台東的空氣不好。」

「台中空氣不好，台東好得很。」

他撫摸初生小貓似的將手掌輕輕罩住細小的乳房，舌頭嚐雞湯溫度似的輕輕試探堅硬乳頭。林家珍不時地顫抖，皮膚隨神經跳動，血液上升到臉部，張開的嘴快速喘息。夏天提早來到內湖出租套房，正午的炙日透過拿桌巾當窗簾的窗戶，曬在羅蟄後腦，曬在林家珍擠成一團的眉頭。當細微的呻吟響在耳邊，羅蟄感覺膨脹的自大，他貼近林家珍的耳朵說：

「妳身上的味道比台東的空氣更好。」

成功鎮面積一百四十四平方公里，新北市永和區的二十五倍；人口一萬五千人，永和區的千分之六。永和有豆漿，成功鎮有什麼，台東縣長也不清楚。

從台北去，開車六個小時；搭火車，買不到普悠瑪號的車票；如果搭飛機，即使買到機票，從台東機場下機，租輛車開去，要一個小時又十分鐘。

沿海岸公路，每隔十幾公里便是一長列台北、高雄來的自行車隊。他們經過成功鎮，從未停下休息。

「有包子，成功鎮沒有麥當勞。另一個好消息是那裡有兩家Seven，一家全家。」

「我，我，我對吃沒有興趣——我愛吃包子。」

「太好，妳可以搬去。」

「不搬。」

「我去台東把包子全部買回來。」

「喔，小蟲，你的蟲好燙。」

朱俊仁待在成功鎮一處三層樓的水泥透天厝二樓，不常外出，他學生化科技的，很懂電腦，不出門，不能打工，成天坐在電腦前，上網內容由法務部監控。

根據成功分局的記錄，前三個月朱俊仁每周一準時報到，簽名、驗電子腳鐐，考核成績優良。第四個月起改成每兩星期一次，也都正常。腳鐐一直掛著，從未停過電，法務部觀察滿六個月再討論拆不拆除。

日常生活極規律，每兩天去一次菜場，如果天氣不好，改去便利超商。他自己做飯。台東縣警局的警員和他聊天，得知他會做一般的番茄炒蛋、炒高麗菜，為減肥，最常做的是燙地瓜葉。愛喝珍奶和Seven的熱狗。

他沒留意天天喝奶茶使一名二十七歲的年輕人腎臟受損，不能不洗腎的新聞。他也沒留意長期洗腎的患者，百分之八十染上高血磷症，腎臟功能退化，造成骨質疏鬆，引發心血管疾病的機率是常人的八倍。

值得一提的則是他以法務部安排的新網路帳號參加好幾項電競比賽，成績斐然，甚至被網友拉攏加入一支隊伍。三月初，當他獲釋五個月後，經成功分局向法務部提出申請，希望參加四月十五日在台北舉行的電競大賽。

法務部詢問監視朱俊仁電腦活動的同仁，意外獲得「朱俊仁電競功夫嚇嚇叫」的評語。負責評估他的專家小組幾經討論，否決他參賽的申請，怕他功夫太好，太招搖，萬一引起媒體注意，難以收拾。

他的父母從未到過台東縣的成功鎮探訪兒子，去的是他阿嬤，大包小包坐飛機，再包計程車過去。這點使朱俊仁被扣分，他應該去台東機場接阿嬤。

不夠孝順。

評估小組再次證明台灣是徹頭徹尾的儒家社會，宅男不屬於儒家，屬於天天蹲在家。

鎮上居民理應知道他是誰，新聞台缺聳動的新聞，便來一段畫面打馬賽克的不死死刑犯近況報導。對新遷至當地的朱俊仁，鄰居、店員、菜場阿伯沒有特別的印象，大多數人對殺人犯反感，可是死刑犯沒被法警槍手打死，「打不死的死刑犯」一天天成為新的神話，眾人轉而對他好奇，甚至表現若干程度的敬仰。

「上帝真的知道」有其影響力。

他在當地唯一的交通工具是二手機車，三萬元買的，從來不搭公車。

銀行存款尚有一百五十二萬元，多年不交女朋友攢下的儲蓄。銀行接到法務部公文，如果出現五萬元以上的提款，必須知會法務部矯正司的聯絡人。

迄今為止，他最高一次的提款是三萬元，買機車的。平均每個月約提領二萬五千元，做為生活開支、付房租。正常。

沒有手機。

他未對提款受限制提出申訴，連市話也未裝。他有電腦，幾乎用在看影片，最喜歡劇集，像《屍戰朝鮮》、《冰與火之歌》、《延禧攻略》。

還有色情網站。

厲害的是他能找遍世界各國的色情網站，包括很多人想都沒想過的奈及利亞。成功分局的小陳私下透露，他直覺朱俊仁抓下那麼多色情網站不是自己看，是慰勞監視他的人員，免得工作無聊。

找過他的團體不在少數，基督教居多。

網上詢問鉤吻從何處取得、如何提煉的人更多，朱俊仁一概不回答，監視人員見到，馬上封鎖。

壬申出版公司以電郵、信件，乃至於派人遠赴成功鎮按門鈴，希望出版回憶錄，朱俊仁不回覆。他從不開門，反正他不郵購，沒人寄掛號信來。住進成功鎮的第五天即拆除電鈴，第五天而已，半個台灣的人民已知道他的住處。他的窗戶沒開過，使一度埋伏於對面公寓的狗仔記者浪費一星期時間，沒魚蝦也好的拍到他窗玻璃因季節轉換所反射的清早陽光色澤變化。

巷口由成功分局安裝巡邏箱，一天三次，巡邏警員得在箱內的簽章表內簽名，以示負責。沒人不歡迎巡邏箱，嚇小偷很有用。

生活同時受影響的是朱俊仁的父母，父親曾在案發之初，朱俊仁進刑事局之後，當場跪在媒體前向被害人家屬致歉。他父親一再說：

「對不起，對不起。」

被害人中存活的家屬代表林吳瓊芬未出面接受道歉，她站在西華飯店大套房的窗前看民生東路下班時間流動不息的車潮。

羅蟄相信林吳瓊芬手中有一杯酒，細高腳、胖肚皮的紅酒杯，但無法確定她一天喝掉幾瓶酒。

羅蟄對冒汗喘息的林家珍說：

「我可以進去嗎？」

「可以，」她閉眼說，「小蟲，進來。」

他以樹獺的速度，一點一點的進入，林家珍兩手抗拒地按住他的胸部。

「痛？」

手鬆了，可是仍貼在他胸部。

「沒關係，進來。」

他向前挺進，緊實的通道和溫暖的潮水將他緊緊裹住，剎那間他覺得跳進礁溪的溫泉，安心，滿足。

「進去了。」

「嗯。」

稍後他當然安慰林家珍：

「妳媽住在西華，五星級酒店，戒護森嚴，不會有事。」

「你幹我的時候想林吳瓊芬女士，小蟲，你很無聊。」

「那時沒想，現在想的。」

她摟住羅蟄脖子的手更加的用力，短髮刺得他鼻子想打噴嚏。她嗅羅蟄的脖子，像找尋她以前提過的香味。

羅蟄也嗅，不過到口的話被嚥回去，如今林家珍和林吳瓊芬抹同款香水。

「我想的只有妳。」

林家珍推開他，和剛才不同，她的眼神又恢復平常的明亮。

「把你的小蟲給我。」

「想幹麼？」

「聽男同學他們說的，清槍。」

「靠。」

成功鎮面積不小，主要民宅集中於台十一線兩側。台十一線從花蓮吉安鄉到台東太麻里，全長一百七十七點四八公里，也稱海岸公路，大多沿太平洋，被譽為台灣最美的公路，凌晨時最美，能看到海面的日出。台灣本島的第一道曙光即出現在三仙台。

朱俊仁沒離開過成功鎮，調出公路的監視器，失蹤當天朱俊仁騎車應該是上菜場買菜，車子停在中山路與中華路口，進肉羹店。他很少吃這家，可是吃過。

機車從上午到半夜，始終沒移動過，朱俊仁消失了。

法務部監視系統提出警告，電子腳鐐仍在家裡，機車怎麼在中華路？

成功分局通知巡邏警車至中華路肉羹店附近搜查，車子在，油箱仍有大約半箱的油，車胎飽滿，沒有故障。

詢問店家，肉羹店老闆表示，不記得那輛車停在路邊多久，不記得朱俊仁是否吃肉羹，他很忙，沒空記每個客人長什麼樣。他不太看新聞，不知道朱俊仁是——老闆對警方盤查很不爽，他說台語：

朱俊仁是三小。

另兩輛警車稍後抵達朱俊仁住處，由房東開門，直接登二樓，屋內沒人回應。台東法院的搜索令一小時十七分後送達，警方請來鎖匠打開門，一組四名武裝員警進入，一廳兩室的房子內沒有朱俊仁的蹤影。

現場畫面傳至警政署，看得出電腦仍停在色情網站，廚房瓦斯上的鍋子燉了蔬菜湯，臥室床鋪沒有收拾，棉被與衣服攪成一團，浴室更許久不清理，磁磚縫隙長了霉。不知朱俊仁多久沒洗衣服，塞滿洗衣機。

他們在洗衣機內，衣物的最下面找到電子腳鐐。

沒找到腳鐐該栓住的一雙腳。

警政署勤務中心通報台東縣警局、花蓮縣警局、屏東縣警局，與台東機場、台東火車站、長程巴士公司，全面追緝朱俊仁。

警政署當然也通知刑事局，局長未出面，副局長找齊富至他辦公室，據說用相當慈愛的口氣說：

「老大，朱俊仁跑了。」

五分鐘後，小蘇忐忑不安的捧朱俊仁所有的資料站在齊老大辦公室內，齊老大當他是家具，語氣不爽地撥手機打給羅蟄。

「你很溫柔。」

「男人有很多種。」

「其實你可以野獸一點。」

「不會吧。」

「很會。你休息一下，我來。」

「我手機響了。」

「不准接。」

「齊老大來的。」

「扔進馬桶。」

「很快。」

「躺下……拿開枕頭，鬆開你的手。」

「是，老大，我羅蟄。」

室內找不到榔頭、羅賴把、鉗子，連鐵釘也沒一根，不過電子腳鐐開了。刑事局專家南下，經過檢查，電子腳鐐未經破壞，密碼被破解，如此而已。

追銀行，凍結朱俊仁的帳戶。銀行說需要法院公文，而星期五很難找到閒閒沒事的法官聽警察講朱俊仁失蹤的嚴重性。

台東機場回話，各航空公司的旅客名單內無朱俊仁的名字。

火車站回話，進出旅客太多，請警方派人去看監視器畫面，他們挪不出人手，也認不出誰是朱俊仁。

台東縣警局向刑事局求助，不太清楚朱俊仁一案始末，請求上級派人至當地協助處理。

台東、花蓮各火車站已由當地警局負責監視，沿線旅館、民宿收到通知，若有持臨時身分證入住的旅客，務必立即與警方聯絡。所有從台東開出去的巴士，於縣境接受檢查。

失蹤起的十二個小時是黃金時間，過了十二小時，朱俊仁可能跑出台東縣，如果到達西部人口稠密的都市，更難尋找。

羅蟄提供另一個搜索方向，尋找林吳瓊芬。

小蘇趕去西華酒店，發現雖然林吳瓊芬的房間仍保留，酒店人員表示，這兩天卻沒見到她的人，也未向酒店訂車。

撥林吳瓊芬手機，無回應。

小蘇機靈，向齊老大提出監聽林吳瓊芬手機的要求。齊老大覺得有理，二話不說朝副局長室撥電話。同時他差點踹小蘇屁股的喊：

「小蟲呢？我說二十分鐘內報告，現在幾分鐘了？叩他。」

「小蟲，你把我塞得滿滿，每個地方都有感覺。用力，用力握。」

林家珍抓羅蟄的手握住她顫動中的乳房。

「用力，再用力。」

他把細小的乳房全部包進手掌。

「頂，朝上頂。小蟲，對，這樣頂。」

當羅蟄快忍不住，手機螢幕又亮了。

「不准接，快，再頂，我快死了。喔，小蟲，我喜歡你的小蟲。」

他便再次被清槍。

「是，我正在追查。」

「查你祖宗，找到林吳瓊芬？」

羅蟄摀住手機。

「妳媽呢？」

「在西華。」

「他們說不在。」

「那不知道了。」

他恢復講手機。

「老大，我再追查。」

「剛才你問誰？問她女兒？」

「啊。」

傳來冷靜得可怕的口氣：

「年輕真好，小蟲，打炮打得忘記工作。告訴你，年老也不差，年老的他媽的有能力開除不上班溜去打炮的年輕人。」

「我馬上去刑事局報到。」

「馬上！讓我跟小女朋友說句話。」

將手機交給趴在他胸上喘氣的林家珍。

「齊老大好，我是小珍。」

「小珍小姐，有空說兩句嗎？請問妳媽在哪裡？」

「好像去日本。」

「住哪裡？幾號回來？」

「我查查。」

「她換手機了嗎？」

「沒有，不過她一向不接不認識的號碼。」

「妳的手機號碼她認識吧。」

「認識。」

「很好，讓我跟小蟲說。」

手機回到羅蟄手中。

「二十分鐘，找到林吳瓊芬，不然我拿警棍漫山遍野見到野狗、野鴛鴦就捶。」

◇　◇　◇

林吳瓊芬依然沒回應。羅蟄跳起身穿上衣服，掛警槍、穿皮鞋。本來他想先洗澡，怕洗澡耽誤時間。才穿進一條褲管，還是去洗澡吧，不然等下被齊老大聞出來，絕對罵到臭頭。猜想很久沒性生活的老男人嗅覺特敏感。

小蘇聽到齊老大與羅蟄的通話內容，他稍稍轉述給其他同事：「小蟲在市刑大過的日子比我們好。」不久刑事局無人不知，連台北市警局與市刑大也聽說。謠傳的內容與事實不符：

齊老大：小蟲，工作時間不可打炮。

羅蟄：報告長官，不小心，以後不敢。

齊老大：戴套子沒？別弄出人命。

羅蟄：兩個。

齊老大：兩個？一個戴你小老二，另一個戴你頭上？

刑警喜歡齊老大最後一句話，笑得不可開交，尤其負責除暴任務的霹靂小組，他們出勤時一向戴罩臉的黑毛線帽，如今有人主張戴螢光保險套。

消息並傳到標高三千公尺的玉山警察隊、距本島一千六百公里駐守太平島的海巡署東南沙分署，台灣每個警察於二十四小時內充分掌握小蟲上了林家珍的消息。

脫掉褲子進浴室，戰鬥澡的全身沖一遍，趕緊擦乾，穿褲子。林家珍一直趴在床上抽菸。

「當警察太忙。」

「沒想到齊老大找我。」

「回來幫我帶菸。」

「恐怕妳等不及。雷神索爾的錘子在我頭頂了，得想辦法找到妳媽。朱俊仁失蹤，他不可能回家看阿嬤和父母，一定找妳媽。破壞電子腳鐐，逃出法務部監控，除了妳媽，還有什麼力量讓他冒這麼大的險？」

羅蟄穿好褲子，穿鞋子。

「我媽有危險。」

「危險不至於。為妳媽差點送命，他大概和妳媽有些誤會得澄清。」

「誣賴我媽和朱俊仁有關係，小蟲，你很敢。」

羅蟄繫好腰帶上的槍和手銬、對講機、手機，再穿上外套。

「我媽不在日本。」

收回抓門鎖的手。

「我媽應該在陽明山，她有個好朋友住那裡，以前她心情不好就上山泡溫泉。」

「有地址、電話？」

「沒，我會一直撥我媽的手機。」

「有消息LINE我。」

羅蟄拉開大門，踏出一隻腳。

「小蟲，你愛不愛我？」

他愣了一下，

「家珍，這是我第一次聽妳講問句。」

「還有第二次。你愛不愛我？」

「愛。」

「多愛？」

「說不上來，很深刻，好像妳把我身體裡面空的地方都補滿了。」

「媽的，把我當Silicone。快去。Silicone愛你。」

2

追蹤林吳瓊芬的手機是最簡單的方法，法官不同意，他的理由讓檢察官與刑事局副局長無法辯解。

「朱俊仁已經刑滿開釋，林宅血案已經判決確定，你們申請監聽林吳瓊芬的手機？她和哪一件刑事案件有關？請提出她會對特定人士、對社會傷害的證據，不然怎麼能讓你們濫用侵犯人權的監聽。」

齊老大這回急了，他要羅蟄上陽明山的山仔后派出所會合。

林家珍回了訊息，林吳瓊芬仍無回應，倒是她想起那位朋友的名字：謝美惠。

查，電小蘇，上網查住在陽明山的謝美惠，要地址、要電話，要她從出生以來的所有資料。

陽明山根本沒有謝美惠這個人。

「林家珍說是謝美惠？她先生叫什麼名字？」

羅蟄卻連林家珍也找不到了。

「老大，我看從朱俊仁那裡著手比較快。」

「已經超過三十二小時，酒店說林吳瓊芬連續兩天不在？不妙，朱俊仁恐怕脅持她。」

「灶腳在台東縣警局？」

「有消息他會傳來。」

「灶腳不了解朱俊仁，我去。」

齊老大盯著羅蟄看，國家地理雜誌頻道裡守在水牛群旁的獅子眼神。

「你去，快。」

搭空中警察直昇機，灶腳在機場等候。

「媽的小蟲，從哪裡開始？」

「成功。」

警車一路闖紅燈超速抵達成功鎮中華路，停在路邊的朱俊仁機車不見了。

「你們拖走他的車？」

灶腳打了兩通電話。

「小蟲，想都想不到，朱俊仁賣掉他的機車，叫買主到中華路牽車。新車主說和朱俊仁約好的，朱俊仁將一副鑰匙快遞給他，應該在他消失的昨天上午取車，新車主有事延誤，拖了一天，才讓我們見到機車，得知他吃肉羹時不見的。他騎走車，不是偷竊。」

再去朱俊仁的住處，羅蟄翻廚房，找到半箱泡麵。垃圾筒內殘留青菜葉梗，冰箱內幾乎空的，牛奶紙盒剩不到一口的牛奶。

留下電腦，跳出色情網站，什麼資料也沒，電腦於兩天前做過恢復原始出廠模式。朱俊仁刪光原來的資料。

「你查他的銀行存款，每個月提兩萬五千，提六次，十五萬對不對？」

「對。」

「買機車花掉三萬，房租一個月五千。」

「對。」

「他有錢，可是計程車行、巴士公司都沒有他上車的回應。」

「搭火車離開台東？」

「火車太慢，他知道警察會追他，時間有限。灶腳，向監理處查最近二手車過戶資料。」

「查朱俊仁的名字？」

「不，查曾芝蘭。」

「誰？」

「曾芝蘭，朱俊仁的阿嬤。」

曾芝蘭次三天前在台東市以八萬元買下一輛二〇〇四年的中華三菱Freeca藍色小貨車，原車主姓林，住台東市區。

「曾芝蘭自己開走你的車？」灶腳問原來的車主。

「不是，辦好過戶，她叫我開去成功，停在中山路。」

查三天前曾芝蘭是否探視朱俊仁？

沒錯，三天前曾芝蘭照例從機場搭計程車到成功，傳來的監視畫面清晰，她下車，用鑰匙開門，朱俊仁的臉孔出現在門內。

以往曾芝蘭提大包小包看朱俊仁，這次什麼都沒帶，只提一個環保袋。

「他請阿嬤買下小貨車，停在中山路，阿嬤來，交給他行照和鑰匙。他開車走縣道山路跑的。」

「縣警局已經代他保管駕照，他敢無照駕駛？」

「大白天開破舊小貨卡，交通警察不會攔他酒測。」

「我們追。」

「哪條路去台北最近？」

灶腳沒回答，他跳進警車，羅蟄跟著，車子沿台十一線往北，至花蓮接蘇花公路到蘇澳。

「你怎麼猜到他買車？」

「過去五個多月，朱俊仁假裝買菜喝珍奶，其實靠泡麵和青菜過日子，我算一下，一個月恐怕花不到三千元。他存錢該存在銀行裡，多少有點利息，提出來做什麼？買二手貨卡。」

羅蟄焦急，他印象中的朱俊仁木訥、邋遢，但那是判刑前，之後的兩年他變得精於計算，應該於看守所將復仇計畫演練幾百遍，他唯一打發時間的方式。

漏算兩年的時間足夠改變人。

「他去台北？」

對，他去台北。

抓起手機，齊老大的聲音：

「你們到哪裡？」

「快上北宜公路，一個小時到台北。老大，三件事。」

「說。」

「向高速公路警察局求個情，替我們開道。」

「行。」

「派人到西華酒店附近尋找一輛小貨卡，我馬上傳貨卡資料給你。」

「我和小蘇到西華等你。」

「朱俊仁阿嬷曾芝蘭住社子，可以派人盯住她。」

再試撥林家珍手機，仍無回應。羅蟄傳訊息去：

自己吃晚飯，吃妳家巷口的豬腳飯，有水準，不比富霸王差。

進入北宜公路的隧道前羅蟄再看手機，已讀不回。

為什麼不回？沒找到林吳瓊芬也該回「沒找到」。羅蟄一時有點興奮，難道她找到媽媽，兩人在一起，所以不方便回訊息？

「是這輛，鑑識中心採證過了，到處是朱俊仁的指紋。」

車子停在巷子內的停車格，車窗上的停車費累計至一百五十元，說明車子停在這裡五個小時，之前他停在哪裡？由道路監視器往回追。

齊老大面色凝重握住灶腳的手：

「一路開來，辛苦，晚點我請吃飯。」

灶腳沒機會客套地感謝，羅蟄打斷他們。

「林吳瓊芬在酒店裡嗎？」

「我三十五分鐘前又問過一次，還沒回來。」

羅蟄兜著小貨卡轉，朱俊仁將車子停在這裡，表示他找林吳瓊芬，找到沒？如果林吳瓊芬不在酒店，朱俊仁一定在附近。林家珍怎麼不回訊息，林吳瓊芬纏到她沒空發幾個字？

再搜一次，拆了座椅地搜。

沒時間請工人，和灶腳分工抽出踏腳墊與塑膠地毯，伸手往所有的空隙摸。

「摸到東西。」

灶腳的臉孔貼駕駛座靠背，牙歪嘴斜伸手摸座墊下面，摸出一本羅東高中筆記簿。

羅蟄焦急地翻，快速掃過每一頁，忽然停住，將筆記簿遞給齊老大。

「他還真愛林吳瓊芬，寫不少詩咧。寫給林吳瓊芬吧，還是他有其他對象？」

羅蟄搖頭，表示他無法確定，或表示他認為朱俊仁沒有其他對象。

「哇，老大，你罵我的沒錯，腦子果然灌水泥。」

羅蟄搧自己的後腦勺，大步往酒店跑，其他人扔下貨卡跟著跑。

進酒店，羅蟄喘大氣，右手掌用力拍在大廳經理的桌上：

「林吳瓊芬住你們這裡，接收郵件你們會登記，登記在哪裡？」

「回答！」齊老大沒落後。

經理夢中驚醒般看面前青筋曝露的大個子警官。

「刑事局，敝姓齊，林吳瓊芬在房間內對吧？」

大廳經理看起來仍年輕，不知所措地轉頭看正快步走來的老外經理。齊老大沒理會，向羅蟄眨眨眼，秀出服務證。羅蟄解開外套紐扣，露出手槍，灶腳與小蘇不客氣也亮出服務證和槍。

「要不，我向法院申請搜索票，有點費時間，不過保證帶二十名警員從你們大廳搜到地下室的員工廁所，以後每天照三餐臨檢，防彈衣、自動步槍，非抓出你們廚房的老鼠。衛生第一，別心存僥倖。不用打電話，外交部、觀光局、經濟部管不到刑事局。要不，告訴我林吳瓊芬回來沒，住幾號房？」

大廳經理嚇得英文有些結巴向老外經理說明，之後回齊老大：

「我們不能透露房客資訊。」

「她在房間，你們想說不在對吧?說謊的臉瞞不了人。是不是有個男人跟他進房?很好，對你的老外經理說，她房間內說不定有具屍體。」

老外經理開電梯門、關電梯門，數上升的數字，他再開電梯門，羅蟄與小蘇、灶腳三把槍一出電梯即圍住一四〇一號的房門。大廳經理上前按門鈴，一次，兩次，三次。他看老外經理，老外經理回以點頭。他發抖的手拿出鑰匙，打開門，他細聲地喊：

「Room service。」

Service個卵。齊老大大腳踢開房門，

「警察，都不許動。」

灶腳與小蘇兩把槍掩護，羅蟄翻滾進去。

老丙說得沒錯，家裡鋪厚厚地毯，摔倒不會疼。

羅蟄滾進客廳，沒有依行動準則的高舉手槍尋找目標，他見地毯濕了一塊，圓桌倒在眼前，臭味撲鼻。

齊老大喊：我操。

大廳經理喊：哇。

小蘇喊：不要開槍。

灶腳喊：是她嗎？

老外經理喊：歐，麥尬。

地毯濕了一大塊，上面是隻筊杯擲出的陰面、鞋底朝上的高跟鞋，另一隻高跟鞋仍在腳上，拉得修長的小腿。上面是冰淇淋般的三宅一生女裝。冰淇淋捲呀捲的捲到女人脖子，脖子上掛一截白色繩子。

羅蟄再看，不是繩子，是旅館的床單。

扭成繩狀的床單掛在天花板的殖民地風格吊扇下。

偌大的穿衣鏡以口紅寫下兩行字：

對不起，我太累了。

Love you。

三名小警官默契夠，小蘇呼叫支援，灶腳持槍闖進裡面的臥室，羅蟄的槍口則進了浴室。

齊老大吆喝兩名經理扶起傾倒的仿路易十四時代圓桌，他不客氣的大腳踩上雕了一圈花的桌面，扛住林吳瓊芬的腰向上抬，她的脖子脫離繩圈，無力地垂在齊老大肩膀。

臥室、浴室，一晚上五、六萬元的套房內沒有其他人。齊老大蹲在林吳瓊芬臉旁，試她有沒有氣息。

「小蟲，人工呼吸。」

羅蟄上前，他節奏的壓擠林吳瓊芬心臟。希望沒壓錯，不會再遇到一個器官轉位的人吧。

齊老大大聲講手機：

「老丙，跑步來，少廢話，林吳瓊芬，林添財的老婆。」

他揮著手機見到誰便罵誰：

「小蘇，你死人啊，快去酒店安全室調監視器影片，媽的灶腳，攔住酒店後門，認得朱俊仁？」

「認得。」灶腳的腳裝了滑輪般已滑出門。

羅蟄腦袋比任何時刻更清醒，沉著地進行心肺復甦術。當他低頭將氣吐進林吳瓊芬口中時，依稀見到地毯冒起白白、淡淡、飄擺不定的氣體，從兩邊耳朵，極輕柔地包圍林吳瓊芬的臉。

不能理會。他閉起眼，進行下一輪的心臟按摩。

夢境不同，我走在一片沙漠，風不時掠起黃沙，太陽成為一團模糊而炙熱的光源，像從田梗望廟裡隔著窗、隔著黑白無常被風吹起長袖的長明燈。

沙漠擁有生命般，隨沙與風靜悄悄的移動。我不知方向，腳不由自主地往前，不停的走下去成為當下人生唯一的目的。

沒有搖晃的影子，沒有呼喊聲，我卻無法安靜，加快速度，我得儘早走出沙漠，在黑暗之前。太陽愈來愈低，幾乎接近仙人掌單獨往上伸的肉片。突然間醒悟，空洞比抓不住的晃動更令人恐慌。

前方不再平坦，一波又一波起伏的沙丘，飄浮的蜃氣使目光所及的一切事物扭曲，看不到未來在哪個方向。

蜃，據說是種像貝殼的生物，它離開大海走到岸邊，當打開殼，便吐出飄在半空的海市蜃樓。

這裡是沙漠，沒有唇，可是幢幢灰影時隱時現。

終於前方出現幾公尺高的大沙丘，登上沙丘也許看得出方向，也許看到另一大片沙漠。我的使命便是一路往前，設法登上沙丘，看一眼未來。

走一步，鞋子即陷入沙中，必須趴下，兩手兩腳趁未陷得拔不出前攀到沙丘頂端，可是拔起腳的困難度一步比一步高。

我陷在沙裡，拔出手，拔不出腳。

我向無邊的大地吶喊。

齊老大的眼睛瞪著剛張開眼的羅蟄。

「太累，多久沒睡沒吃？打炮傷身吧。去，這家酒店裡的餐廳隨你挑，好好吃一頓，刑事局不付錢，我付。」

老丙透過老花眼鏡看羅蟄。

「小蟲，你是我這輩見到第一個能在命案現場睡著的警察，你行。別信老齊開的支票，吃我的紅豆麵包，諾，上午買的，挺新鮮。」

羅蟄從夢裡驚醒，汗水不知何時滲進他的上衣、腰部。

「林吳瓊芬呢？」

「你未來的丈母娘，」老丙將麵包塞進羅蟄的手，「來不及救了，不過你的急救做得好。與你無關，她踢倒桌子，身體重量往下一拉，學過重力加速度吧，別小看人落下的瞬間強度，足夠拉斷頸椎，神仙下凡也徒呼負負。」

羅蟄起身，他怎麼會躺在門口的沙發睡著。

擔架抬林吳瓊芬出去，床單蓋住她的身軀，露出她不受時間管制渾白仍充滿彈性的小腿。

「朱俊仁幹的？」

「難說，」老丙彎腰跪下摸酒店的地毯，「厚是厚，質料沒林家的好。啊，小蟲，我判斷她自殺，床單掛在吊扇，登圓桌上去，脖子往繩圈內套，腳蹬幾下，桌子一倒，所有重量往下拉，脖子卡擦，中樞神經被破壞。」

在屋內兜了一圈，齊老大停下：

「丙法醫和我，初步判定林吳瓊芬自殺。」

「不是說有個男人隨她進房間？」

「胡謅的，嚇那兩個經理。鑑識中心採集指紋、毛髮、皮膚屑，如果室內有朱俊仁的指紋，再思考他殺的可能。不過小蘇調監視器內容，從酒店大門到這層樓的走廊，林吳瓊芬一個人回來，沒男人，沒朱俊仁。」

羅蟄灌下一瓶礦泉水，恢復點精神。

「現在呢？」

「朱俊仁的小貨車停在附近，推測，小蟲，沒有證據，我暫時推測。他打電話給林吳瓊芬約見面，林吳瓊芬接了。」

齊老大舉起裝手機的塑膠袋。

iPhone XS，貴婦的唯一選擇。

「她接了兩通由市話撥來的電話，三秒與一分二十一秒十一秒，看來她被第一通嚇得三秒就掛斷。第二通進來，她接了，講了話，一分二十一秒可以講不少事情。酒店的保安嚴密，朱俊仁沒有房卡，不能搭電梯上樓。林吳瓊芬卻被朱俊仁的電話嚇到，上吊自殺。小蟲，你的推測沒錯，他們兩人是共犯。」

「我去找朱俊仁。」

「坐我車，一個警網埋伏他爸媽家周圍，一個警網守在觀止，另一個去社子盯他阿嬤。」

「他不會回家，不會去觀止，他會去民生東路。」

「林家？」

齊老大拿出手機：

「我們去民生東路，調另一組人支援，通知當地管區不要打草驚蛇，全部便衣，守在一百公尺外。少囉嗦，叫他們別動就別動。」他吼老丙：「丙老哥，你快馬加鞭回去，我明天一早要驗屍報告，寫中文，少沒事插兩個長得讓人喘不過氣的英文字母，你們醫學院有什麼好屌的。」

老丙一改過去不甘示弱的態度，溫和地回答：

「明早。這個夜得熬。」

羅蟄見到搜集證物的塑膠袋放在小圓桌上的紙盒內，林吳瓊芬的手機、橡皮筋綑的一札中式標準信封、GUCCI壓花包。

上前看看，信封上字跡出同一人，發自台東，信件均未拆封。

「小蟲，你他媽發什麼呆！」

羅蟄飛奔搶進即將闔上門的電梯。

3

朱俊仁和林吳瓊芬在民生東路林家住宅認識，兩人的聯絡應該也在林宅。貴婦的林吳瓊芬不會和邋遢的朱俊仁在外面約會，別說怕被熟人撞見，料想她沒辦法忍受和朱俊仁走在一起。

當朱俊仁以公用電話撥林吳瓊芬的手機，她意外地接了，當即被嚇到。雖然她刻意閃躲媒體，凶案事件後，她一再出現於電視、網路，不用寫她的名字，寫「這才是真正貴婦」，兩千三百萬人有一千兩百萬知道指的是誰。她不能在酒店和朱俊仁見面，唯一能避開外人且兩人都知道地點的就是林宅。

林宅仍空著，舊社區內部改裝後的低調豪宅，新裝潢，有電梯，估計價格上看三億，不過短期內不容易脫手，台灣人對凶宅敏感，犯不著拿三億冒險。況且她捐給慈善單位，處理過戶和稅務機關考核該不該課徵贈與稅，得花不少日子。

空的林宅，是林吳瓊芬唯一想得到的地方。

她沒去，怕面對朱俊仁，說不定曾經答應朱俊仁什麼，她做不到。

林吳瓊芬四十六歲，朱俊仁三十三歲。

對初嚐愛情滋味的朱俊仁而言，代價高昂的苦戀。

羅蟄同意齊老大的推理，林吳瓊芬到底答應朱俊仁什麼？令他從被逮捕起，說什麼也不肯透露殺人的過程。

台北市警局派出二十四名便衣，不出聲的包圍林宅，齊老大一抵達即坐進指揮車。中型貨車改裝，裡面裝設通訊與監視系統，四名操作人員，頂多再擠兩名觀察員或長官。

副局長坐鎮，不過他裝好心殷勤地退出，讓齊老大與羅蟄進去。

事權統一，責任由齊老大扛。

附近所有交通、社區監視器的影像同步傳輸進指揮車，九個螢幕同時呈現。守在周邊的便衣配備隨身監視器，以網路傳進另一個螢幕，切割成小畫面。

林家大門深鎖，沒有掛房屋出售的牌子。

延壽街便衣傳回可疑對象的畫面，羅蟄上前辨識。不是，這人胖了點，朱俊仁不穿風衣和皮鞋，穿夾克與涼鞋。

下班時間，民生東路的汽車以排隊閱兵方式前進，不巧又落雨。雨勢不大，雨點使畫面變得更不清楚。

值勤便當送來，齊老大吃了兩口即擱下：

「灶腳見過他，小蟲，你、灶腳、小蘇到林宅周圍繞。我們不能守株待兔，林太太還沒進林宅，他進不去，說不定他在鄰近的咖啡館、漢堡店等候。你們一家家檢查，小心，別嚇跑他。」

掛上無線通話器，羅蟄從民生東路和光復北路開始，逢店便進去看幾眼。停在西華旁的小貨卡裡沒有衣物，朱俊仁消失於肉羹店時沒有行李，他只有那件深灰夾克、黑長褲和涼鞋。

當他聞到路旁民生炒飯傳出的香味，腦中一閃，他不用通話器，用手機叩齊老大：

「我們發現林吳瓊芬的屍體，到包圍林宅，前後一個半小時吧。」

「有屁快放。」

「朱俊仁打電話給林吳瓊芬，假如林吳瓊芬約好和朱俊仁見面，不會馬上自殺，她內心一定花點時間考慮該怎麼辦，猶豫、掙扎，至少也半個小時。」

「合計兩小時以上。」

「如果你是林吳瓊芬，會約朱俊仁在林宅見，她仍有鑰匙。」

「講。」

「如果我是朱俊仁，孤身開破車從台東到台北，明知警察追捕，一定想法子隱藏。林吳瓊芬叫我和她在林宅會合，大概也就是兩人通話的一、兩個小時後。離約會還有段時間，沒地方可以，先到民生東路五段東逛西逛，提高警覺地提防警察，更怕被監視器拍到——」

「你會先躲進林宅。」

「是，我猜他已經在裡面。」

「他沒鑰匙。」

「他去林宅好幾次，也許弄清什麼眉角。」

「什麼眉角？」

「廚房後面莉塔的房間，一扇門進廚房，一扇門通後面的防火巷，莉塔倒垃圾走那個小門。莉塔房間旁邊是電梯，我能猜出密碼，他電腦高手，難不了他。」

「聽懂。萬一他不在裡面，窩在旁邊大樓樓梯間，我們進林宅，全看在他眼裡；我們不進去，圍住林宅，他不能一直憋在裡面。比看誰有耐性。」

「不，長官不是沒收了林媽媽的手機？朱俊仁這次沒撥打林宅市話再轉接到林媽媽手機，而是直接打林媽媽的手機，表示他有號碼，可是他沒有手機，不能用手機，他藏身地點離公用電話不遠，萬一沒等到人，方便他再打。」

「呵呵，林吳瓊芬變成林媽媽，你小子把關係拉近到四等親內了。」

「我也查過，這一帶沒有公用電話，最近的在松山機場，不方便，倒是如果他進林宅，裡面有林家的市話，應該沒拆除。」

「你的意思是我看林媽媽的手機，朱俊仁等急了會撥她手機，如果號碼是林宅的，我們就往屋裡衝。」

「是。」

羅蟄聽到齊老大喊：

「林吳瓊芬的手機呢？誰叫你們送回局裡？叩鑑識中心，問手機有沒有新訊息，最速件，都給我放下筷子。」

齊老大的聲音回來：

「小蟲，再聊聊，真不想調回局裡？收你當徒弟。可以去問問，報你是我徒弟，走遍台灣每個角落，尊敬度提高五成。」

「暫時先不要，謝謝長官。」

「不會問你第二次。不能埋沒人才哪。等等。」

羅蟄於七秒鐘後接到命令，林吳瓊芬手機上出現七次沒有來電號碼的來電。所有人員往林宅移動，堵住出入口，狙擊手從對面樓頂尋找制高點監視林宅的頂樓陽台。

朱俊仁進去了。

◇　◇　◇

齊老大打鑼打鼓，兩輛警車停在林宅門口，紅藍兩色警示燈轉不停，四名穿防彈背心持自動步槍警員舉槍對準林宅所有門窗。

羅蟄與灶腳領另一組警員守在後門，朱俊仁見到警察包圍，應該投降。有個顧忌。

「長官，我忽略一件事。」

「你的屁放不完。」

「媒體一定知道林吳瓊芬死了，電視一撥，說不定朱俊仁在裡面看電視，已經知道。」

「你覺得他看到新聞，跑了，還是？」

「怕他也自殺。」

「他沒武器對吧。」

「連羅賴把也沒有。」

「了解，衝。」

羅蟄大步上前握住後門，鎖的，他肩膀撞門，未發生作用，後面兩名警員持撞門捶，兩下撞開門。羅蟄搶進屋子大喊：

「朱俊仁，投降。」

防盜器發出急促的高頻率響聲，灶腳見到開關便開，燈光下，羅蟄在客廳見到齊老大和他帶領的幾名員警。

沒見到朱俊仁。

「樓上。」齊老大下指示。「灶腳守住廚房裡的電梯。」

羅蟄在前，其他人在後，快步往上奔。

二樓空的，羅蟄瞄一眼林家珍的房間，她的東西沒清完，鋼琴蓋開著。

傳來槍聲，先一聲，再一聲。四樓傳來。

「幹，誰開槍？」齊老大罵。

◇　◇　◇

朱俊仁臉朝下趴在頂樓林家珍最喜歡的那截女兒牆下，雨絲裡，看不出他哪裡中彈。對面大樓頂的狙擊手舉槍，站得筆直。

狙擊手在通話器中回報，見到人影爬到頂樓，一旁的同事用大聲公叫他站住，對方不理會，急著攀上女兒牆，伸手向前想抓住外面的樹枝。

推測他情急之下打算吊樹枝，躍到樹上，一滑下去將脫離監視範圍，因而警員開槍警告，對方還是不理會，不得不開槍制止。

羅蟄站在雨中，熟悉的畫面，一隻涼鞋鞋底朝上的停在他與朱俊仁中間，也是陰杯。朱俊仁光著左腳，宛如回到台北看守所執行死刑那晚，他照樣趴著，照樣少一隻鞋，照樣沒有動靜。

灶腳拉齊老大上陽台，羅蟄摸朱俊仁的頸動脈，再摸朱俊仁的脈搏。

「有救嗎？」

「這次大概沒救了。」

齊老大憤怒地朝對講機罵：

「誰叫你們開槍？」

雷雨使通話機傳來沙沙的聲音，應該仍是剛才那名狙擊手：

「報告長官，我先警告性射擊，嫌犯未停止奔跑，見他快上女兒牆，故意射擊不會致死的位置，射得很準，他來得及急救。」

「射他哪裡？」

「射他右胸，報告長官，沒有心臟的那邊。」

羅蟄跪在朱俊仁身旁，血水無聲的流到他膝蓋，被雨水稀釋後往女兒牆下的排水道流。

4

林吳瓊芬自殺身亡，朱俊仁不聽制止遭警方射殺，兩人均死亡，開槍的狙擊手接受調查，結案由刑事局鑑識中心刑警小蘇花一整晚打出報告。

老丙的驗屍結果證實林吳瓊芬自殺。

「體內酒精含量高，喝了不少酒。自殺和酒醉是否有關聯，別問卑微的法醫，我只負責證實她喝酒和自殺，不管中間那段前因後果。抱歉。」

「她上了繩套——怎樣把床單捲成繩套，請問鑑識中心。熬夜熬得營養不良的法醫，管的範圍有限。」

「踢掉桌子，死亡前當然掙扎，相信喝多酒對她減少掙扎時的痛苦多少有幫助。我現在需要一杯，放鬆，睡覺。」

「身體突然用力往下垂，拉斷頸椎，醫學界的理論，上吊死亡時間約十多分鐘，我不評論，沒做過臨床實驗，誰能確定十多分鐘。十多分鐘的後半段，人已意識不清，陷入昏迷狀態，痛不痛苦，不在驗屍報告的必要事項內。

「死者身體保養得很好，要不是自殺，到六十歲都是美人。還有，她做過結紮，向她的主治醫師求證過，生下林真就結紮。

「什麼意思？意思是她決心只要一個兒子。

「至於她的胸部、臉部，渾身上下，別無其他傷痕。內臟也無損傷，沒有瘤、沒有內出血。」

鑑識中心未在她房間內採集到朱俊仁的指紋，的確有拔掉瓶塞的酒，喝得剩下五分之一。小廚房內兩箱二十四瓶法國紅酒，二十一個空瓶，三瓶未開。現場只一個酒杯，林吳瓊芬的指紋。

重新檢視酒店監視器畫面，林吳瓊芬一人回房，沒有其他人上過十四樓。直到兩名經理領齊老大等人出現於電梯。

尚未發現遺書。

iPhone XS手機的通訊紀錄較引人注意，林吳瓊芬參加幾個群組，可是近一年來幾乎未參與互動。最常連絡的的五個人：

她的祕書汪琪，編制於合良集團董事長辦公室，為林吳瓊芬處理日常雜務，包括訂機票、訂酒店。

汪琪證詞：

「我是董事長祕書，董事長有三位祕書，功能不同。我已很久未與董事長夫人林吳瓊芬女士見面，都電話聯絡。她辭去董事長職務後，聯絡更少，她不喜歡麻煩公司的人。」

她的律師俞若凡，處理林吳瓊芬私人財務與法律事務。林吳瓊芬和俞若凡妻子是好友，因而私人法律上的事都找俞若凡。

俞若凡證詞：

「林吳瓊芬留下遺囑，她每一年十二月三十一日更新，最近一次不一樣，去年十二月三十一日更新過，一月中又更新，一個月前再更新。更新過程與內容恕我無可奉告。所有遺產已如她早先宣示的全數捐給慈善單位，迄今仍在陸續處理，個人意外與人壽的保險金受益人原本為她的兩個子女，於林真死後，修改為女兒林家珍一人。上個月的最後一次更新，受益人改成慈善機構。不過按照民法規定，林家珍可向法院要求『特留分』，還是可以分到二分之一。補充一點，林吳瓊芬的遺囑和她自殺沒有關係，她在生下林真以後就立遺囑，純粹以防發生意外，不給家人增添麻煩而已。」

她在日本的朋友井上惠子，嫁至東京的台灣女子，與林吳瓊芬是護校同學，兩人一直有連繫，上個月商量冬天一起去歐洲。

井上惠子作證：

「林添財董事長的喪事辦完，阿芬（林吳瓊芬）變得不開朗，每次到日本就窩進溫泉旅館。她愛看驚悚小說，所以住鄉間旅館看書，我覺得對平緩她的情緒有幫助。有時我沒空，幫阿芬訂好旅館與汽車，專車送去。最近一次是上個月中，去箱根。她下飛機或上飛機都在東京，再忙我們也會一起吃飯。她變很多，絕口不提家人的事。沒聽過她提朱俊仁的名字。我好久沒見到家珍，她呀，孩子都有叛逆期，家珍特別，叛逆得比男生更厲害，時間很長，阿芬說她一切為了家珍，卻得不到家珍的諒解。家暴的事，她從沒提過。」

她的母親吳麗華，與兒子吳寶強住在一起，林吳瓊芬每月回去一兩次，有時帶患帕金森症的母親出去吃飯。

弟弟吳寶強證詞：

「母親不喜歡林添財，我姐（林吳瓊芬）嫁過去後，我們從未去過林家，都是她回來。我和姐姐因為林添財也鬧得不愉快，林添財自以為有錢，姿態高，看不起我小小的少校。我媽症狀嚴重後，他的表情很嫌棄。姐會帶林真一起回來，家珍則很少，本來她和我這個舅舅很親，我兩個兒子，她等於是我女兒，已經好幾年不見。

「沒聽說家暴的事。」

林家珍，林吳瓊芬與前夫生的女兒。林添財死後兩人通的訊息不多。

目前為止尚未找到林家珍，學校說她留的地址是民生東路如今的凶宅，打手機數次，從無回應。律師俞若凡說會與她聯絡，案情如有需要，他可以代表林家珍出面處理。

手機內於林吳瓊芬死亡前七天前接獲一通來自台東的電話，經查證，來自台東成功鎮大同路七十號，7－11的欣功門市。該門市設有中華電信的公用電話，並出售電話卡。

死亡當天接獲兩通來自松山機場公用電話撥出的電話，各三秒與一分二十一秒，經研判，應為涉嫌脅迫、恐嚇的朱俊仁撥出。尚有七通隱藏號碼的來電，經查證，來自民生東路五段林宅隱藏號碼的市話。

查，七次來電，當時林吳瓊芬已死亡。

關於涉案人朱俊仁，駕駛新購之二〇〇四年出廠的中華三菱Freeca藍色小貨車，從台東縣成功鎮沿台十一線至台北，途中於台東縣長濱鄉和花蓮縣新城鄉各加油一次。行駛北宜高接北二高進入台北。

身上遺有證明文件與新台幣五萬二千五百二十七元。另從車內搜出筆記簿一本，大多是他寫的情詩，未註明寫給誰。

研判涉案人朱俊仁利用房仲領客人看屋時未鎖大門，潛入室內，躲藏於廚房後的外傭房間，房仲離開時未留意即打開防盜器，關大門。當警方對林宅進行搜索時，朱俊仁不理會警方呼叫與警告性射擊，跑到樓頂試圖翻女兒牆逃跑，執勤員警依用槍規定射擊，朱俊仁當場死亡。

朱俊仁藏於林宅的時間，詳見附件十三。房仲說明，他離去不會關掉總開關，以免損壞屋內電器和警報器，可是第四台與網路都因長期無人居住而停止續約。

由此研判，朱俊仁沒有手機，看不到電視新聞，不知林吳瓊芬已自殺，因此對她的遲到，一再叩手機催促。

酒店房內鏡子留的字：對不起，我太累了，Love you。經比對，是林吳瓊芬的筆跡，因未註明寫給誰，警方不宜妄自推測，且與本案無關。

報告最後一段：確認林吳瓊芬自殺，確認朱俊仁於逃亡時不理警方警告，當場被槍殺死亡。齊老大在後面以毛筆簽名、蓋上官章。如果局長、警政署沒有意見，兩宗命案至此結案。

林宅血案的種種傳聞，至此徹底結案。

◇　◇　◇

朱家先辦兒子的喪事，謝絕媒體採訪，不過媒體還是大肆報導，對警方是否執法過當，無太多着墨，新聞綜藝化的請命理大師，對朱俊仁的命盤詳盡分析，結論不外乎事後諸葛的認定朱俊仁命中註定該死，逃過一劫，難逃第二劫。

網路焦點則在朱俊仁與林吳瓊芬的曖昧關係，討論熱烈，相差十三歲的姐弟戀顯然較吸引人。

朱俊仁是否真是林宅一家三口命案的凶手。沒有答案。警政署長下令，各級警務人員一律封口，所以連和媒體關係最好的丙法醫也不接受採訪。

老丙在辦公室請羅蟄喝新的、未使用過的茶包，他說是武夷山來的紅茶，香氣瀰漫室內，略略壓掉室內的消毒藥水味。

「沒找到林家珍？小蟲，她的處境挺可憐的，需要你的關心。」

紅豆麵包仍由羅蟄帶去，可以說老丙無趣到只愛紅豆麵包，也可以說老丙好對付，送他禮不必多費心思。

「一直沒找到她，搬家了。」

老丙兩腳架在辦公桌，差點踢翻一排不知裝什麼的試管。

「沒頭沒尾的案子，我當法醫以來唯一的，悶在胸口，想找個夠深的馬桶好好嘔吐。凶手從不承認犯下命案，老天爺饒他一命，他不珍惜重生機會，解開腳鐐回來往死裡跳。你是刑警，告訴我到底怎麼回事？」

羅蟄聳聳肩，他不再客氣的伸手拿起他買的麵包往嘴裡送。

「齊老大甘心這麼結案？」

經過這宗命案的相處，羅蟄看見齊老大藏在凶惡相貌底下的真面孔，他對老丙搖頭，用力地搖頭。

「去找林家珍，看你失魂落魄的樣子。做刑警，凡事都得有結案報告，對吧。」

林吳瓊芬的喪事由俞若凡律師處理，不辦儀式，火化後遺骨送往新北市北海福座安葬。林添財親屬與合良集團派代表參加，風度一下，怕爭產的事再被媒體炒熱。

窮人怕沒銀子，有錢人怕沒面子。

吳家與林家皆不願她的遺骨與丈夫林添財合葬於林口林家祖墳，弟弟吳寶強捧骨灰上山，送進靈骨塔。母親沒露面，女兒沒露面。

刑事局派齊老大為代表出席，他難得穿上已快扣不上肚皮釦子的大禮服，羅蟄與小蘇陪同。

「找林家珍去，說什麼也得找到。這家人，哎，怕她再出事。」

羅蟄何嘗不想找到。

房東說林家珍欠兩個房租，他催幾次，幾天前發現房內東西已搬空，簡訊留在他手機，說兩個月押金正好抵房租。要不是看在房間沒被破壞，他一定找律師告到底。

「現在的年輕人，不負責任。」房東不喜歡他兒女以外的年輕人。

手機停話。林家珍試圖從這個擾人的世界消失。

「和法律沒關係，我想知道到底怎麼回事。」齊老大說。

羅蟄點頭，用力地點頭。他更想知道。

「好好一個大美人，小蟲，上吊的死狀你見到，花多少錢整鼻子、拉臉皮、墊大胸部，有錢到花不完的富婆怎麼可能上吊？她不愁錢，青春還有一點，朱俊仁抓她什麼把柄，搞到不自殺不行。我想了又想，沒道理。」

誰都沒答案。

「鏡子上的遺言寫給誰的？給林家珍的？為什麼對林家珍說她太累？」

林家珍始終沒現身。

小蘇在外警戒，第二殯儀館裡裡外外巡了好幾遍，沒看到林家珍。

俞若凡大律師的嘴更緊：

「羅警官，我是林吳瓊芬遺產執行人，她和上市公司合良集團已經沒有瓜葛，純屬私人業務，林家珍的事，你問她，我沒經過授權替她回答。她不是嫌犯，她的下落，無可奉告。」

結束後羅蟄送齊老大上車，握住厚實的大手：

「老大，我選擇待在市刑大，可是我會找到林家珍。」

齊老大另一手捏住羅蟄的肩胛骨：

「隨你。找到林家珍。哎哎哎，自己看著辦。」

羅蟄沒回市刑大，他請假，連續幾天跑了好幾個地方，有的空手而回，有的找到沉默，但他依然跑，有如使命，馬拉松般，像遍嚐百草的神農，不嚐到斷腸草不能滿足地得到善終。

跑得赤紅兩個眼眶，跑得悠遊卡在捷運入口響起金額不足的警示音。

在新店的工地見到羅雨，他仍穿同一條滿是泥污的牛仔褲指揮砂石車進出，褲腰往下掉，露出一截黃色或本來是白色內褲。

他大步走向羅雨，舉起拳頭，重重擊在羅雨的下巴。

接下來他不記得發生什麼事，直到被四條強壯的胳膊架住，扔在人行道。

渾身痠痛，嘴角的血滴到襯衫。他見工地內，另外四條胳膊從泥濘中拉出羅雨。

支撐起身體，他對工地大吼：

「羅雨，有種再來呀。你要是不回家，我天天找你，打到我們兄弟只剩下一個為止。」

砂石車卸完貨開走，工地大鐵門順滑輪軌道漸漸闔攏，羅蟄站在門外，羅雨站在門內，他們誰也沒再開口。

最後他登上倒在人行道的UBike，騎了很久很久，騎進台北市，從公館轉基隆路，繞到民權大橋下的堤防折而往南，塔悠路的武德宮內找到林家珍。

5

「妳說小時候不肯回家，躲在媽祖廟，這不是媽祖廟。」

「是廟。」

「武財神廟。」

「有媽祖。」

中央神壇上的確供奉三尊女性的神祇，羅蟄看看牆上的說明。

「三仙聖姑，武財神趙公明的三位師妹。」

「差不多。」

「差很多，她們主管生育，註生娘娘。」

「我又不是乩童，不是專家，看起來很像就好。」

她懶洋洋歪斜的坐在一旁靠牆長板凳，頭髮長了，洗回原來的黑色，不見鼻環和眉環，乞丐牛仔短褲換成束至小腿中間的緊身七分褲，唯一不變的，暢銷的「上帝知道」T恤。

對於羅蟄的出現，她並不驚訝，卻也沒熱情。

羅蟄坐到長板凳另一邊，兩人之間可以再容納一大一小。

「回到這裡有溫暖和安慰？」

「無聊。」

「想不想說說最近的心情？」

她張大眼，露出笑容。

「心情平平。花自飄零水自流，一種相思，兩種閑愁，此情無計可消除，才下眉頭，卻上心頭。」

「妳想說妳的心情是花自飄零水自流？」

「我想說，我什麼也不想說。」

「不想說的話，我陪妳坐坐。」

「已經坐了。」

下午三點多，整間廟隨搖曳的香煙，籠罩在昏昏欲睡的氣氛中。沒見到廟祝或志工，偶而進來持香拜拜的信徒，專注的在神明前誠摰祈求改變他們命運的奇蹟。

「我爸說，滿月那天抱我進宮廟，永隆宮有如我們家那一帶居民的派出所——不對，還兼戶政事務所，生下小孩給神明看看，說這囡仔在祂老人家管區，保佑孩子無病無難地順利長大。我是永隆宮的孩子。」

她靜靜地聽。

「起先廟裡好玩，到處是神像，尤其千歲爺出巡，七爺八爺走在陣頭前面，熱鬧啊。妳不喜歡嗩吶嗚啦嗚啦的聲音？嗩吶宣示祭典的開始，我們拚命往永隆宮跑，一定有好玩的。意外地由好玩變成溫府千歲附身，廟祝阿伯給我看攝影機拍下的畫面，我舉好大支毛筆往空氣寫字。永隆宮是另一個家，神明是我家人。學校裡幾個調皮搗蛋的同學說我囡仔仙，成天鬧我，叫我喊神明下凡，不然他們不放開把我臉壓進沙堆的手。放學我大哭跑進廟對溫府千歲說我不要再做囡仔仙，不要拿毛筆，什麼都不要。廟祝阿伯摟我，安慰我，哭到睡著。」

「哭到尿褲子。」

「我不是羅雨，不尿床、不尿褲子。睡著做夢，長鬍子戴高帽子的男人抱我進他懷裡，一直摸我的頭，不哭了。醒來，見神壇上的王爺對我笑。」

「迷信。」

「有點。不過小孩子，得到安慰最重要。妳來財神爺廟，找錢、想生小孩、找安慰？」

「不是不知道我不要小孩。」

「那，找安慰。找到沒？」

「說過，我無聊。」

「很多人找妳。」

「他們和我沒關係。」

「我呢？」

她不回答，兩手在胸前交抱，看向跪在神壇前神情虔誠的中年婦人。

「進宮廟學會的第一件事是上香，我們對神明說的話透過香上傳，如果沒有香，像沒有手機，沒辦法和神明溝通。」

「我不燒香。」

「不燒香，不求神明，求自己，也能心安。」

「你一身的香味。」

羅蟄嗅衣袖：

「怎麼我聞不出來？」

「豬鼻子。」

中年婦人舉香和神明間溝通很久。

「妳猜她求什麼？」羅蟄小聲問。

「誰曉得。」

「她身材稍微發福，穿拖鞋，腳旁邊是菜籃，住附近，說不定對面社區。買了好多菜，蔥、蘿蔔，對，還有一大串香蕉。她已經有小孩，每天必須買很多菜，恐怕是男孩，香蕉方便吃，男孩不喜歡複雜的水果，怕麻煩。香蕉旁兩包關廟麵條，是男孩沒錯，吃麵條，省時省事。」

「推理啊。」

「妳無聊，我沒事，猜猜好玩。所以她不是來求子。她看來健康，菜買的多，丈夫應該食慾好，也健康，家裡不像有病人，不會向神明求祛病除瘴。」

「又知道！」

「還有，妳看她多虔誠，閉眼上香，喃喃自語，我猜她財務上遇到問題，請財神爺幫忙。」

「鬼扯。」

「進財神廟百分之九十求財。」

「羅警官，你已經神明附身。」

「她買菜時候，心血來潮買了張樂透，從菜錢省出來的，於是回家前先向財神祈求，財神爺哪，我家七個人，上有公婆，下有子女，每天三餐忙著餵七張嘴，請幫幫忙讓我中大獎，有錢換新房子，替老人家請兩名看護。立誓中獎後重塑金身，送兩斤重的金牌。」

「神經病。」

「妳無聊，我無聊。」

「騙我說你不進廟。」

「為妳，鼓足勇氣進來，目前為止還好，頭不昏，眼沒花。神明保庇。妳要坐多久？」

「海枯石爛。」

「慢慢坐，我明天回北門休假，有空來走走，蚵仔麵線、虱目魚丸、牛肉湯，有的妳吃，反正妳無聊。」

羅蟄站起身，兩手插腰的上半身往後仰拉脊椎骨。連續幾天沒睡好，腰硬了。

「不能不說，林小姐，那天我們做愛，妳很勉強對不對？忘不掉小時候受林添財的傷害？可是後來妳裝得很享受，怕傷我自尊。感恩，能了解。」

「在廟裡講這個，神明生氣。」

「花自飄零水自流，我中學念過。花飄在半空，還沒落進水中，水卻不能不一直流，等不了花。」

「我胡扯的。」

「先死了三個人，再死兩個人，他們隨水流走，沒辦法停下來，林家剩下唯一的妳，在風中飄蕩。」

「你想怎樣？」

羅蟄低頭對林家珍笑。

「喔，又講問句了。明天我回北門，回永隆宮，回到溫府千歲神壇前，妳不是想看我起乩？來走走，南部人熱情。」

羅蟄沒等林家珍的回答，他走出財神廟，沿塔悠路走進民生社區，順民生東路一路往西，走了很久很久，走出一身大汗。他轉進長春路，停在鐵皮攔出的臨時圍牆前，見到照樣穿反光背心的羅雨擎橡皮水管澆工地的水泥車進出口，免得塵土飛揚。

他和羅雨、和林宅命案、林吳瓊芬自殺案，和林家珍都尚未結束，他痛恨不結束的感覺，像喝湯燙到嘴，像穿新買的運動鞋遇到大雨，像賣飯糰的老闆說沒油條了，像副局長要他避開齊老大儘快結案，像……像他撫摸林家珍的短髮時感覺到皮膚底層的顫抖。

像林吳瓊芬露出大半個乳房，與青紫的傷痕。

沒有紅豆麵包，只有沖了不知幾回、淡得如水的茶。

「凍頂烏龍有種戀愛的感覺，你看，茶農採下茶葉，經過挑揀、萎凋、浪菁、靜置、殺菁、揉捻、乾燥，漫長的過程，像不像約女孩、吃飯、看電影、聊天、散步到上床？小蟲，你不會以為茶葉摘下來就泡、就喝、就喝得很爽？」

老丙殷勤地為羅蟄再斟滿茶。

「第一泡帶點苦澀，第二泡喝得出茶的甘甜。皺什麼眉？我的七、八泡又怎樣，戀愛是前兩泡，等結了婚，茶沖太多次，淡了，可是還有茶味，才是婚姻。」

反正老丙對他小氣的茶有五百種解釋。

「至於現在的你，叫創傷期，失戀確實不好受，那是製茶時候某個環節出了差錯，我猜烘得太乾，說不定烘焦了，可惜，茶葉賣不出去，留下來自己喝，免得浪費。」

他從抽屜拿出一瓶威士忌，往兩個茶杯各倒一點。

「失戀不講究，茶葉沒烘好，乾脆加點酒，我們照樣喝，喝的是辣口的酒，可是品嚐的是躲在酒後面的哪怕千分之一的茶味。」

嘴裡吐出一聲近乎滿足的「啊」。

「懊悔哪，戀愛時候為什麼不當心？失神把茶葉烘焦一樣。沒關係，懊悔裡一定有懷念，千分之一的茶味。嗯，我從盤古開天說到你杯裡的茶酒，紓緩你的心情沒？」

他舉起杯子：

「要是不想懷念，我們可以直接喝酒。我公務員，酒後不開車，沒規定酒後不能朝屍體開刀。」

羅蟄沒喝酒。

「你沒見過她，體會不出我的心情。」

「見她？聽你說過多少次，等於見過，不就愛剃光頭小女生。」

「見過你才能體會。」

「結婚很多年，結了多少年都想不起來，每年結婚紀念日是我的受難日。結婚讓我對女人免疫，老婆的好處，我從此從心所欲而不踰矩，喝我千泡不失茶味的茶，人生平淡有其平淡的樂趣。」

老丙的頭伸到羅蟄鼻尖前：

「怎麼，要丙叔出面幫你挽回？你的事，我兩肋插刀幫到底，不說空話，我請你們吃飯。」

「沒用，分了就分了，疙瘩太大，解不開，倒是——」

「是什麼？」

「你想見見她？」

6

翻翻眼白，羅蟄身體失去控制地向左右大幅擺動，擺到理應摔倒卻仍在緊要關頭恢復平衡。他撕爛印「中央警官學校」字樣的T恤，赤裸上身，右手高舉朝天，左腿收膝蓋，腳抬至右腿中央，略停頓，左腳「空」的一聲重重踩在地面。

「來者何人？」

記憶裡，永隆宮一直擺出冷漠的表情，張大如嘴般的廟門抬眼看一年三百天碧藍的天空，期待落雨？時間在這裡，靜止不動。

每隔三年的農曆八月二十二日廣澤尊王升天日，得到王爺的同意後，永隆宮盛大舉行燒王船儀式，將紙紮的船於儀式最後焚燒，代表送船去福建請王爺的父母親來台參加慶典。

今年請不請，得到時擲筊杯徵詢廣澤尊王的意思。沿海其他宮廟也有類似活動，規模最大的當屬屏東東港的燒王船祭典，相傳康熙年間當地人撈到一塊木頭，上面寫：東港溫記。解釋為溫府千歲有意在東港定居，因而修建東隆宮，燒王船則是代表把瘟疫等疫病送出海燒掉，保障居民的安全。

第三年又到了，不過還是得到農曆八月請示王爺後再決定是否舉辦燒王船儀式，廟祝阿伯未雨綢繆地準備各項事宜，見到羅蟄，他抽出時間，對於現職警官想再當乩童，阿伯皺眉頭，為羅蟄想，相隔十年，不再是當年心無旁騖的男童，不太適合；為溫府千歲想，能重新收留離家多年的契子嗎？

交給神明決定。

由阿伯引領，羅蟄高舉三柱香跪在王爺神壇前祭拜許久，開始時心慌，慢慢心情沉澱，他能從心底與王爺對話。

沒見到飄的、搖的，他回到沙漠，夜晚，炙熱的太陽由始終不發一語的月亮取代。他站在沙丘頂端，月光不足以讓他看見遠方，立於海邊般，淡藍的光線映射出波浪的沙濤。他轉身伸手，影子不留足印的一步步上前，停在他的手前。

羅雨，來，這裡也是你家。

筊杯一擲再擲，前兩次出現兩陽面的笑杯，代表神明慎重考慮之中。羅蟄再祝禱，第三次，一枚以陽面平穩的落地，另一枚不停的旋轉，最後以陰面壓在陽面上。阿伯當廟祝四十年，從未見過這種結果。

同心杯，兩枚筊杯重疊，解釋為神明與擲筊杯者「同心」，但第二杯並未完全壓在第一枚上，僅二分之一壓在下面一枚的四分之三處，上下晃動有如尋找平衡點，許久之後才翹起一邊地停止晃動。

能確定是同心杯嗎？

阿伯無奈的看羅蟄，彷彿與地心引力抗衡失敗後，重重地點下頭。

正殿神壇前，沒有鑼鼓點，羅蟄節奏地踩官步，歌仔戲台上的包拯、平劇戲台上的關羽，威風地繞了一圈。

「有啥冤屈？」

「還不跪下！」桌頭阿伯喊。

林家珍不由自主地膝蓋一軟，跪在神明附體的羅蟄前。

她在今晨搭高鐵至台南，換巴士，剛過中午到了鹽田，十多名遊客擠進錢來也雜貨店，她則順小路到永隆宮。

事先沒告訴羅蟄，她本不想來，情不自禁地來了。如果看不到羅蟄，說不定她鬆口氣，找上回的店吃蚵仔麵線，搭巴士進台南市區。

宮內沒什麼人，她才踏進廟門的高門檻，就見到羅蟄兩手抓住領口，從上到下撕T恤成兩半。

半小時前羅蟄一直跪在神明前，廟祝阿伯幾乎想勸他回家。心神不定的阿伯不時偷眼瞧廟門外，就在他看到瘦弱女孩身影出現於廟前廣場時，羅蟄兩眼一翻地彈起身子。

「跪下。」

桌頭遞香給林家珍，他聲音宏亮：

「一拜廣澤尊王，二拜溫府千歲，三拜過往神明。林家珍若有冤屈，此時開口。此時不開口，永世不得開口。」

羅蟄有如沒見到跟前的林家珍，右腳踏到她膝前，兩眼翻得只剩眼白。聲音抑揚頓挫，但林家珍一句也聽不懂。

她拜，再拜，她沒有冤屈，她是路過的觀光客，不該打擾神明。

吼聲來自羅蟄，林家珍伸直耳朵聽，依然不懂。面前的羅蟄和她認識的羅蟄完全不同，連聲音也不一樣，羅蟄說話輕且清晰，此時則重而沙啞，速度極快，一個音追過一個音。

羅蟄講的是河洛官話的仙語。

他轉，桌頭跟在後面亦步亦趨的也轉。羅蟄猛然剎住步子，桌頭卻停在實心木的方桌後，驚堂木重重落在桌面。

「來者林家珍，汝不該接朱俊仁打予林吳瓊芬之電話，偷聽兩人對話。人生路途百百條，放不下汝心中的恨。林啊家珍，為何聽他們講話，禍及家人！」

羅蟄轉身，連續躍起空中轉身，弓步落下，嘴裡仍念念有詞。

又一下驚堂木。

「對朱俊仁無情，竟約伊見面。林家珍，汝對朱俊仁無義，騙得鉤吻資料。不忘昔日冤仇，汝竟惡從膽邊生，借朱俊仁之手殺人。」

羅蟄咬牙發出呀呀呀的喊聲，食指釘在林家珍鼻頭前。桌頭厲聲念：

「人生坦蕩蕩，半夜不驚心。林家珍，汝為何強逼林吳瓊芬向朱俊仁索取鉤吻？林吳瓊芬懷胎十月生汝，一世人生為汝，怎能如此對待親生母親！」

林家珍掙扎起身，可是被釘牢似的抬不起身體。兩手黏於香柱，兩膝沒有知覺，她只能透過淚水看滲成幻影的羅蟄。

「林吳瓊芬為汝嫁入林家之門，指望汝從此錦衣玉食。林吳瓊芬為汝忍受林添財羞辱，為人之母，何處對不起汝，為何一逼再逼。林家珍，林真亦是林吳瓊芬親生之子哪。」

羅蟄翻身快速地打轉，桌頭一再用力拍打桌面。

「汝換藥進林添財藥盒，汝換三顆，怕一顆毒害不了林添財，第二顆，第三顆，陰錯陽差，林添財分給林貴福和林真。林家珍，一命一世，汝今世枉為人，仇恨遮住汝良心。」

再一個轉身，羅蟄滿頭汗水，甩頭時，汗水傘狀落在地面的紅磚，廟內氣溫飆高，沒有一點風，兩側的七爺、八爺不知什麼緣故地擺動長及靴面的袖管。汗水才落地即被蒸發，神壇上的蠟燭忽明忽滅。

羅蟄講一句，桌頭跟著翻譯一句。

「朱俊仁至林家見林貴福，認識林吳瓊芬，汝看出朱俊仁喜歡林吳瓊芬，假裝親近幫伊忙，哪知汝上網查觀止生化中心，見到鉤吻，心生歹念。

「汝逼林吳瓊芬以關節炎向朱俊仁索鉤吻治療，為製造不在場證明，再要林吳瓊芬向朱俊仁索膠囊，一切都因汝。」

林家珍向前拜倒，額頭不由自主往地磚猛磕。

「朱俊仁不知毒藥與膠囊為汝所有，誤為林吳瓊芬，伊抵死不肯供出林吳瓊芬。林家珍，汝對得起朱俊仁？」

驚堂木拍得林家珍不時顫抖。

「汝私下以鉤吻掉換膠囊裡的營養劑，明知林添財晚飯前吃藥，汝趕在五點半離家，瞞得了眾人，瞞不了神明，瞞不了汝之良心。」

說著，羅蟄舞起手臂，有如舞動隱形的官袖，神案上的蠟燭隨之搖晃。

「朱俊仁因罪入獄，林吳瓊芬背負汝之罪惡，接到朱俊仁電話，再也無法承受。林家珍，汝之親生母親因汝而死。」

羅蟄手中不知何時多了一支巨大的毛筆，筆尖在林家珍頭上一畫再畫。他吼叫，桌頭嘶喊：

「林家珍，人間法律錯過汝，上有天，下有地，中間有心知肚明的汝自身。哇呀呀，天理難容！」

林家珍向前傾倒，羅蟄則仰臉往後倒。海風從右側窗戶竄入，捲走所有的聲音，留下空洞的寂靜。

7

林家珍從廟祝阿伯白天休息的涼椅醒來，日頭被烏雲遮住，窗外顯得陰暗。她扶牆壁站起，阿伯進屋攙持，引她回正殿。

「沒關係，休息一下就好。我們謝謝神明。」

順從的聽阿伯指示，依序拜了殿內各神明，喝下一大碗苦澀的藥水。

「羅蟄在門口，他比妳更傷神。」

羅蟄坐在樹下的小板凳，無神地看蹲到他面前的林家珍。

「你剛才神明上身。」

「嗯。」

「是神明講話，還是你講話？」

「好難的問題。」

「我是說，神明對我說話，還是你對我說話？」

「重要嗎？」

「為什麼叫我來？」

「妳今天的問句特別多。」

「真的神明附體，還是你裝的？」

「我昨晚在廟裡一夜，做了夢。」

「什麼夢？」

走過沙丘，走到海邊，卻發現站在好大的鏡子前面。從天到地，從無限到永恆的大鏡子。

「妳們女生天天照鏡子，鏡子裡除了妳，還有誰？昨天晚上我恍然大悟，從鏡子看不到前方，只看得到身後。我對著鏡子一直看，一直想，到早上想通了一些事情。」

鏡子內是我，呆呆站著，面對的是鏡子後面反射至鏡面的天空，理應是鏡子前面的藍天和白雲。一時之間我搞不清前面是前面，還是後面是前面。

看到很多人，在鏡子內，從我身後走過。

「我沒對神明問妳的事，說的是我的事。說我為什麼離開祂，為什麼當警察。以前我從不問溫府千歲任何事情，早上問了，我問祂怎樣才能見到真正的妳，怎樣才能帶羅雨回來。」

林家珍習慣性咬咬下嘴唇。

「溫府千歲回答你？」

「沒有，可是我感覺得到，祂要我更努力贏回羅雨。」

「神明怎麼回答我的事？」

「祂沒回答，和羅雨的問題不同，我感覺妳離我愈來愈遠，像鏡子裡面的藍天白雲明明在我前面，伸手摸不到，其實它在我後面。」

「好玄。」

「不玄，妳在鏡子裡而已。」

「你恨我，不肯原諒我。」

「不恨妳，該恨林添財，他扭曲了自己妻子與妳的人生。」

「小蟲，你怎麼知道的？」

羅蟄認真的看林家珍，看很久，她沒移開眼神。羅蟄握住她的手。

「妳在學校圖書館借的書。」

「借的書。」

「妳的確借了叔本華的《論意志的自由》和芥川竜之介的《地獄變》，可是之前妳借過更多關於法律的書，看電腦上妳借的書單，那一刻我想通了。」

「法律的書。」

「命案發生後，妳更長時間窩在圖書館，看更多法律的書。」

「圖書館的借書資料。」

「再查妳和朱俊仁合拍照片的咖啡館，承德路巷子內那家，本來相信妳說是他要拍的，咖啡館老闆卻記得是妳要朱俊仁拍的。剃光頭的女孩到哪裡都留給人深刻的印象。」

「我要拍的。」

「妳要拍的，妳傳照片給林吳瓊芬，從那一刻起，林吳瓊芬了解她必須為女兒，和朱俊仁曖昧地交往。」

「為我。」

原來人生值得珍惜的不是鏡子後面的未來，是鏡子內反射出的過去。時間看似往前走，實則往後走。

「我找到羅雨。」

「羅雨。」

「他沒見過妳，沒讓妳請客吃加番茄醬的黑胡椒牛排。我一見到他便明白，羅雨十五歲起封閉自己，他沒對妳說那些有的沒的，他還是那個逃避過去的羅雨。」

「你就知道了。」

「知道很多。」

「妳懊惱過，後悔過，見到林貴福和林真的屍體，妳到樓頂想跳樓。」

「我想跳樓。」

「鑑識中心在女兒牆上採集到妳的鞋印，鞋底中央的鞋印，鞋尖朝前，可是妳下不了決心，聽到齊老大叫我上去的聲音，妳直覺地坐下，坐在女兒牆。如果我們晚一點上去，說不定妳選擇另一個結果。」

「跳樓。」

「也許吧。」

「我應該再決定一次。」

「不，以後妳一心想逃罪，死的欲望愈來愈低。」

「我該死。」

她伸出雙手。

「讓你銬。」

「想銬，卻不能銬。妳讀的法律書裡面有，一案不二審，《刑事訴訟法》稱為一事不二理。林家三口命案已判決確定，凶手朱俊仁已服刑完畢，不能因為出現新的事證重新審理。何況重要證人朱俊仁、吳瓊芬都死了。妳清楚。」

她收回手。

「不銬了。」

「從此自由自在。林家珍，我不能不問，妳恨林添財到非殺他不可的地步？」

她拉長臉，羅蟄讀得出確定的眼神。

「恨，沒有止境的恨。」

「妳恨天下所有的男人，那天和妳做愛，妳根本不想做，我當時有點困惑，明明兩人一觸即發，可是我進去後，妳的身體想推我出去。本來以為妳太久沒做，昨天晚上想很久，明知答案，我不願接受而已。妳跟我接近，主動和我上床，為了知道刑事局辦案進度罷了，因為妳做過頭，沒料到林貴福和林真也被毒死。妳怕，怕朱俊仁說出真相，怕林吳瓊芬被捲進去，怕最後追到妳。所以妳不會再跳樓，妳做過選擇了。」

「不想害他們。」

「不想害，但害了。從林添財，扯進林貴福和林真，再扯進朱俊仁和林吳瓊芬。沒想到的是朱俊仁居然寧可被判刑也不肯說出妳媽媽的名字。愛最深的是朱俊仁，他愛得超過自己生命。」

林家珍低下頭，淚水滴到水泥路面，噗，即散成一團，由深黑色澤，變灰，變白，變得不見蹤跡。

「對不起他。」

「難以收拾的局面，一個接一個的死亡。我見朱俊仁死兩次，兩次都中槍。」

「你一定恨我。」

「有止境的恨。弄清楚案情的來龍去脈，不恨了。恨過去沒什麼意義，偏偏我們不清楚明天會發生什麼事，沒辦法恨未來。」他停頓一下：「能恨未來，該多好。」

「你恨我。恨我害死很多人，恨我欺騙你。」

「我是個該死的刑警，」羅蟄抬頭對灰暗的天空大喊：「給了我凶手，我卻什麼也不能做。」

落雨了，沒有前言的鋪陳，沒有預警即嘩啦啦地傾盆大雨。

「說了很多，順便說說我的事，」羅蟄與林家珍坐在屋簷下。「我不當乩童不是因為羅雨，也是為了羅雨。」

「羅雨。」

「那年我高中要考大學了，晚上很多人聚在一起聊天，有男的，有女的。鎮上黑狗帶來酒，他是北門角頭的兒子，中學就帶十多個兄弟混流氓，不過和我們很熟，算是朋友。」

「火。」

羅蟄幫她點上菸，猶豫一下也會自己點了一根。

「酒喝太多，有的女生喝醉睡著了，黑狗扛起其中一個帶走，我們都認識那個女孩，可是我們都沒攔黑狗。」

羅蟄被菸嗆住似的，話講不出來。

「黑狗撿屍，你沒攔。」

「嗯。」

「後來你內疚。」

「嗯。」

「你違背神明教你的事。」

「嗯。」

「加上羅雨的事。」

「和羅雨無關。」

「你就被神明開除了。」

「可是大家以為是因為羅雨，我卑鄙。」

「下流。」

「從此我不敢進宮廟，不敢回永隆宮。」

「而且你變成沒有自信的警察，講話沒氣勢，遇到長官只會喊長官好。」

「這次回來我向神明請示，沒有得到回答。」

「人家不要你了。」

「我對神明立誓，一定把羅雨帶回來。」

「小蟲，我聽懂，你先恨黑狗，再恨自己，所有的恨不小心炸到羅雨。」

「大概吧。」

「你跟我說這些是以後不會再見我了。」

「嗯。」

「小蟲，」她說，「你儘管恨我，但不要忘記我好不好。」

「你還有羅雨，想把他帶回家，我什麼人也沒有了。」她說。

8

傍晚的宮廟已幾乎不見信徒，丙法醫持香向李府千歲、池府千歲、吳府千歲、保生大帝等神祇一一叩拜之後，長跪在溫府千歲前，口中念念有詞。

廟公順伯靜靜守在神壇下，等丙法醫欲起身，他邁前兩步扶住。

「跪得腳發麻。」

「丙先生誠意。」

老丙直視藏於香煙中的溫府千歲：

「祂老人家會原諒我嗎？」

「昨天你不是擲過筊，神明同意了。」

「不放心。」

順伯引老丙到廟外，兩把藤椅一壺茶，他們無聲的坐在傍晚畫出的陰影內。

「你看羅蟄和她怎麼樣？」

「不知。」順伯搧著扇子。

「可惜，一旦放出仇恨，淹掉所有的感情。」

順伯笑而不答。

「剛才我演的桌頭沒穿幫吧？」

「很好很好，神明同意你，借你們舞台，看你們演戲，神明一定贊成你們找出真相的決心。」

「演得辛苦，從羅蟄給我的錄影帶裡學百分之十，百分之九十自由發揮，你看，我襯衫濕透，嗓子啞了。」

說著話，陽光消失，烏雲罩住天空，雨水颱風等級的傾落。

「下雨了。」

「下雨好，涼快。我們這裡雨水少，以前才能做鹽田。」

對面雨中的羅蟄朝天吼叫。

「我看羅蟄釋放了。」廟祝順伯說。

「打雷、大雨，小蟲的復活季節。」

「羅蟄說你們找尋答案，找到了？」

「我找到了，希望他也找到。」

他們看著羅蟄與林家珍離開廣場，沒有傘，好像他們根本不在意這場大雨。

羅蟄送林家珍上巴士，沒有緣由地開口：

「有次我去吃漢堡，不是速食店那種，一個漢堡要二百多元的那種。」

她眨眨眼。

「吃了一口，肉汁香辣，可是當我掀起上面的麵包朝裡面看，幹，看到一隻蟑螂腳。」

她仍眨眨眼。

「本來我哈死那漢堡，馬上倒胃口，不過我沒跟店員抱怨，沒拍照上網找市政府衛生局告死他。」

藍二公車緩緩出現在轉角，她得坐藍二到佳里，再換車到台南火車站，搭台鐵回台北，一段漫長的旅程。

巴士停下，她上車前忽然回頭：

「所以你沒叫他們經理來，而且你並沒有再仔細看，說不定不是蟑螂腳，是切碎的香菇或沾了醬汁的洋蔥。小蟲，你應該仔細看。」

羅蟄沒回答，他聳聳肩。巴士的車門關閉，車子往前移動，開始慢慢的，而後加速消失在下一個轉彎處。

他得趕緊回家，每個家都像巨大的冰箱，父母能從裡面拿出任何兒子想吃的食物，他得吃個精光，在羅雨回來之前，羅蟄只有吃才能暫時讓父母忘記心裡藏了多年的疙瘩。

與老丙陪阿爸再醉一回。

以前從未注意，角落的圓木餐桌旁掛了面長型的落地鏡子，阿爸剛調回台南教書，北門鄉親送的，鏡子左下角紅漆寫著致贈者的姓名，這麼多年，漆花了，字不清了。也因為這麼多年，每個人不自覺地順手將東西掛在鏡子上方的釘子，它太長、太突出，像是專讓人掛東西的。掛了媽的環保袋、爸以前珍愛的名牌細皮帶、姐留下學生時期裝書的網袋，羅蟄看到他高中天天掛在胸前的四色原子筆，看到羅雨國中畢業得到校長獎的錦旗，「品學兼優」。

原來遺忘的過去全在鏡子裡。

之後

為了「猜猜我是誰」，羅蟄忙得日夜顛倒。

劉爺爺檢舉的，他接到電話，女孩的聲音：

「猜猜我是誰？」

劉爺爺雖七十三了，身體健朗，腦袋清楚，他笑著回答：

「當然是寶貝外孫女。」

對方隨即撒嬌：

「外公，我車子和人撞了，如果不付錢，他們不放我走。」

劉爺爺笑瞇瞇對羅蟄說：

「我說要錢啊，得找老太婆拿，我們家一向她管事。我外孫女馬上急著要跟外婆講話，猜猜我怎麼回她的話？」

羅蟄也笑。

「好，」劉爺爺繼續說，「我朝她說，我跟老太婆講一聲，妳去找她拿，多少？二十萬夠嗎？妳外婆住在北投稻香路二百六十號，她等著妳。」

話才說完，老先生已笑得快岔了氣，羅蟄替他拍背、倒水，總算平穩下心情。

「稻香路二百六十號，警官去過沒？」

沒去過，羅蟄趕緊上網查，然後他也差點笑得脫腸。

稻香路二百六十號，復活山莊，基督徒的安息墓園。

「我家老太婆在那兒住了十一年囉，一直沒外孫女去看她，這回總算有了。」

詐騙集團的車手應該出發前會先上網查地址，不過有可能碰上白目，羅蟄仍撥了電話給北投分局，由他們接手。

「猜猜我幾個孫子？」

好吧，老人家心情好，陪他猜猜。

「三個？」

「警官該去買樂透，沒錯，三個孫子，就沒外孫女。我和老太婆生兩個兒子，沒女兒，指望能抱抱外孫女，沒想到連續三個也是男的，這回平空多個外孫女，老太婆大概比我笑得更喘不過氣，得再急救一次。」

送走劉爺爺，電話響，他跳上機車到中山北路上的彰化銀行，兩名女性行員正設法安撫大吵大鬧的老太太。

事情單純，她匯二十萬給兒子，行員問她詳細資料，老太太既說不出兒子的住址，也想不起兒子的電話，只好勞動警察。

林老太太一再強調，兒子車禍住院，她得轉十萬元保證金去醫院，可以匯款的帳號不是任何醫院的。

「你們耽誤我兒子開刀的時間，萬一有什麼，你們拿什麼賠我！」

羅蟄問了問細節，請同事上網查林老太太的子女，三分鐘內回話，不是同事回話，兒子回話，所有人聽見他的聲音爆出話筒：

「媽，我在公司，沒出車禍，不是叫妳不要接家裡的電話嗎？」

愈來愈多人取消市話，不是沒有道理。市政府已計畫宣導七十歲以上市民應將市話設定來電顯示對象，任何不明對象者一律不接。若干專家對此嗤之以鼻，他們的論點不是沒有道理：

「老人家寂寞，好不容易手機響了，叫他們怎麼忍得住不接？」

送走老太太，忍不住的是羅蟄，他借用銀行的市話撥回台南老家，媽接的。

「不是叫妳不要亂接電話？」

「知道是你打的。」

「媽，我用銀行的電話，妳怎麼知道是我？」

「做媽的當然聽得出是不是兒子打來的。」

聊了幾句，羅蟄的氣消了，老人家成天待在家裡期待什麼?也許他真的該請調回台南，老人家安心，做子女的放心。

手機出現新的訊息，肯亞破獲一起台灣詐騙集團，現場逮捕二十八名台灣人與犯罪用的電腦、手機近百台。

難以想像，二十八名台灣人遠渡重洋到非洲的肯亞設立詐騙中心，以網路電話向大陸和台灣的老人行騙，他們真厚工。

老爸不在家，這陣子他身體不好，又去醫院。兩個兒子、一個女兒都在台北，老人拖著退化的膝蓋擠公車進市區排隊看病。想想——他決定再試一次。

鑽出中山北路的車陣，由南京東路往忠孝東路，轉進信義路的工地，更新的老公寓，不到一星期即拆得精光，一輛輛砂石車運出拆下的磚塊、水泥。

壓壓手指關節，他走進工地，對持水管澆水以免塵土飛揚的工人喊：

「小雨，我又來了，解決一下。」

話沒落定，他已往前撲，水柱撲頭而來，擋不住羅蟄，他不打得羅雨回家，絕不罷休。

抓到水管，他揮出右拳，重重擊在羅雨的胸部，不過肚皮也挨了一記能吐出午餐的拳頭。

齊老大說解決任何事情皆有其儀式，羅蟄愛上儀式，沒有顧忌地和同胞兄弟狠狠打到精疲力盡為止。

「羅蟄，瘋子，你根本瘋子。」

沒力氣追已跑出工地的羅雨。

甩甩襯衫上的泥水，至少他這個月再試了一次。

手機震動，一則簡訊：

好久不見，你還好嗎？我換了手機，猜猜我是誰？

他回了：

不用猜了，已經猜一整天。又多久沒吃飯？

馬上傳回不算回答的回答：

經過民生社區，看到我住了好多年的房子，有人買了，也是好額人，有兩個孩子，一男一女，還有老人家，一男一女。

羅蟄抹掉額頭的血。

懷念？

她此刻站在對面小公園看那棟死了四個人的房子？

忽然覺得好空，空得像離開台南那天。

她應該空，她離開所有的親人。

小蟲，有件事應該再對你說一次，那天我們做愛，一開始我假的，後來是真的，你的味道一直留在我身上。

羅蟄下意識嗅嗅握手機的衣袖。

妳怎麼老說我身上有香的味道？我聞不出來。

我聞得到就好。

吃飯？

兩個小時之後我要走了。

去哪裡？

終於存到足夠出去的錢，想出去很久很久。

去比利時喝啤酒？

去找我媽。

羅蟄停止回覆，對方也停了很久。

好想停在你載我從台南回台北的那幾個小時。

因為我騎，妳不用花氣力？

小蟲，靠在你的背心，好舒服。以前我沒有人可靠。

妳親爸呢？

他早有自己的孩子。

一輛機車噗噗噗的經過，車上女孩戴哆啦A夢圖樣的安全帽，穿破好幾個洞的牛仔短褲，短到鼠蹊；白色，領口鬆垮的T恤，不是「上帝知道」那件，上面只印一個字：翻。

二〇一八年代表台灣的字，羅蟄記得，台中地院法官張升星推薦的，理由好像是那年許多既有的價值觀被徹底推翻，回到懵懂不清的混亂。

可是林宅三口命案未翻案，凶手還是朱俊仁。

羅蟄曾經想，死了五個人，對林家珍會產生什麼影響？她的心一度因復仇而填滿，現在滿的，或是空了？

小蟲，掰掰，說以前你說的那句給我聽。

任何時候肚子餓，找我？

謝謝你。

機車從南京東路往南京西路，落日掛在遠方大樓的夾縫間，沿路的窗戶成為鏡子，映著不同角度的橘色太陽，之後靜悄悄地成為過去。

鏡小說

031

乩童警探：偏心的死刑犯

作　　者：張國立
責任編輯：王君宇
協力編輯：陳彥廷
責任企劃：劉凱瑛

主　　編：劉璞
副總編輯：林毓瑜
總 編 輯：董成瑜
發 行 人：裴偉

裝幀設計：海流設計
內頁排版：宸遠彩藝

出　　版：鏡文學股份有限公司
114066 台北市內湖區堤頂大道一段 365 號 7 樓
電　　話：02-6633-3500
傳　　真：02-6633-3544
讀者服務信箱：MF.Publication@mirrorfiction.com

總 經 銷：大和書報圖書股份有限公司
248020 新北市新莊區五工五路 2 號
電　　話：02-8990-2588
傳　　真：02-2299-7900

印　　刷：漾格科技股份有限公司
出版日期：2020 年 4 月初版一刷
2021 年 4 月初版三刷
I S B N ：978-986-98868-0-2
定　　價：380 元

國家圖書館出版品預行編目(CIP)資料

乩童警探：偏心的死刑犯/張國立著. -- 初版. -- 臺北市：鏡文學股份有限公司, 2021.04
面；14.8X21　公分
ISBN 978-986-98868-0-2(平裝)

863.57　　109004428